U0025701
Kadokawa
Fantastic
Novels
8
歡迎來到實力至上主義的教室2年級篇
Welcome to the Classroom of the Second-year
衣笠彰梧×
トモセシュンサク

「一之瀨同學有跟誰在交往嗎？」
「嗯嗯？咦，什麼？」
忽然冒出意料之外的提問，
一之瀨慌張不已。

「最近各班男生都在問我
一之瀨同學是不是單身呢。」
「沒沒沒、沒對象啦，沒對象啦！」
「這樣呀。
那麼妳有喜歡的人嗎？」

綾小路清隆

櫛田桔梗
龍園翔

「怎麼可能——」
隨後張開雙臂，
將攤開的手心
用力貼在牆上。
「沒事，沒事……」
如此喃喃自語，
接著忽然停止動作。

8
歡迎來到實力至上主義的教室2年級篇
Welcome to the Classroom of the Second-year

8
衣笠彰梧
KINUGASA SYOUGO
トモセシュンサク
TOMOSESHUNSAKU
歡迎來到實力至上主義的教室
Welcome to the Classroom of the Second-year
2年級篇
Kadokawa
Fantastic Novels

歡迎來到實力至上主義的教室2年級篇
Welcome to the Classroom of the Second-year

contents

彩頁、內文插畫／トモセシュンサク

神崎隆二的獨白

君子不立危牆之下。

我從小就比較會與別人保持距離生活。

為什麼會選擇這麼做呢？

因為比較輕鬆，最重要的是不會被捲進麻煩裡面。

不交摯友，也不樹敵。

若即若離的關係是最輕鬆的。

不過有一次我被捲進了小孩之間的幼稚爭吵中。

只因為正好就在附近。

除了我以外的四人當中，有三個人糾纏不休地責備另一個人。

雖然那三人態度傲慢，但也不到蠻不講理的程度，事情的起端是因為謊言。

遭到責備的小孩對三人展現出無論由誰來看都很明顯的動搖，並且說了謊。

應該真的是很瑣碎的內容。

記得好像是有沒有拿到名人簽名這樣的內容。

那三人希望被責備的小孩承認自己說謊，向所有人道歉。

另一方面，那個小孩則是主張自己沒有說謊，不打算謝罪。

碰巧在現場的我客觀進行分析後，催促那個說謊的小孩認錯，結果他還是直到最後都不打算說實話。

輕薄的謊言，毫無意義的倔強。

儘管心想爭吵可能會愈演愈烈，他說不定會遭到欺負，但我什麼也沒有做。

到頭來，還是要怪他自己說了無謂的謊言。

不知道是為了面子還是什麼，真是無聊透頂。

根本沒必要幫他。

與我毫無關係。

我是真心這麼認為。

不，甚至覺得他應該被痛扁一次，才會學到教訓。

但是——結果那個說謊的小孩全身而退了。

因為在那個小孩陷入絕境之時，突然出現第三者機靈地解救了他。
只因為是同伴就保護他，沒有譴責他的謊言。
我無法接受，那才不是正義。
因為照理來說沒有說謊的那三人才是正確的。
無法消除內心的疙瘩。
什麼才是正確的呢？
是雖然說實話，卻表現出蠻橫態度的那三人嗎？還是直到最後都堅持說謊的那個人呢？
或是明知道是謊言，依然幫助同伴的第三者呢？

有一個大人從旁見證這場糾紛的來龍去脈。

那個人把手放在我的頭上，同時這麼說：

「如果你沒有能力幫忙，選擇逃避或無視也行吧。不過，明明有那個能力卻不使用，是愚者才會做的行為。」

當時的我不懂他的意思。

心想結果還是要我幫忙那個騙子嗎？

但隨著逐漸成長為大人，我能夠理解了。

所謂的幫忙未必只是指幫助那個說謊的小孩。

倘若有支配現場的能力，無論站在誰的角度應該都能平息那場糾紛吧？

那個瞬間，我一直以為自己身上不存在，彷彿在內心悶燒的某種炙熱情緒動了起來。

至今也難以忘懷首次見到的那個人所說的話。

進入高度育成高級中學就讀後，我選擇了進行自己不擅長的人際交往。

倘若有人感到傷腦筋，我也學會稍微伸出援手這件事。

心想如果能在被認同是班級領袖的一之瀨身旁扶持她就好了。

然而事情進展得並不順利，讓我深感挫折。

綾小路清隆的話——拯救了這樣的我。

綾小路……所謂的緣分真的很不可思議啊。

知己知彼，百戰百勝

十一月也進入下旬，終於快到盼望已久的教育旅行的日期。

天氣晴朗卻還有點涼意的早晨通學路上，我發現以波瑠加為中心的三人小團體就在前方。雖然沒有宏亮的笑聲，但他們似乎正熱絡地談論某些話題，像是要彌補最近的空白一樣。

「你不去打聲招呼沒關係嗎？」

走在我身旁的惠如此說道。

「無所謂，這是從愛里退學時就決定好的發展。」

我對那個小組而言已經是不必要的存在。而且必須是那樣才行。

「那我就不再提這件事。因為我知道清隆如果覺得這樣就好，那一定就是正確解答。」

惠認為事不關己，站在她的立場來看，前綾小路組的事情根本不用一直放在心上吧。

「而且呀？這樣就能有更多時間獨占你啦～？」

她朝我露出沒有一絲迷惘、發自心底的笑容。

看來至今花了這麼長的時間，對惠而言我已徹底成為她的精神支柱，這件事似乎無庸置疑。

「超期待接下來的教育旅行呢。你覺得最後會去哪裡？」

「我還沒放棄去京都的夢想。」

「這麼說來，你好像這麼說過呢。只要不是京都，我覺得去哪邊都無所謂。」

不知為何，惠立刻只排除我熱烈盼望前往的京都。

「妳就這麼討厭京都嗎？」

「咦～因為京都給人的印象就是一堆寺廟和文化遺產嘛。感覺一點都不好玩不是嗎？」

我認為那正是京都的樂趣之一就是了……

不過從惠的角度來看，走訪寺廟和神社確實沒什麼好期待的也說不定。

「我現在最在意的就是這件事呢，嗯嗯。」

「雖然旅行地點也很重要，但妳不在意期末考的結果嗎？」

「現在才在意考試結果，分數也不會變高吧？哎，再說我也覺得以自己的實力來說，應該考得還算不錯吧。這也是多虧了清隆呢。」

她過度自信的部分有些問題，不過這也是事實。

儘管無法期待獲得高分，大概可以認為惠的基礎實力有所提升吧。

即使只是還不確定的預估，她替自己估算的分數確實能夠感受到她的成長。

「我要不要也像須藤同學那樣，拉長跟你一起念書的時間呢？」

她將食指前端貼著嘴唇，同時這麼低喃。

惠沒有理解到並不是念書的時間一樣長，就能像須藤那樣提升學力吧。雖然本人的動機非常重要，但指導方的技巧同樣也會成為關鍵。

須藤會有讓人瞠目結舌的成長，無疑是因為堀北具備身為教育者的天分。

這是堀北比擁有同等學力的啟誠更為優秀的部分吧。

至於我的教育則是根本不在那樣的基礎上。

即便要對惠施加澈底的教育，強制提升她的學力很簡單，但那並非我的任務。這是必須託付給班上其他學生才行的部分。

我應該做的只有最起碼的事情，還有事先創造能夠埋頭念書的風氣而已。

為了讓應該去做這件事的學生，有朝一日能夠順利地接手之後的工作。

1

今天在上午安排了兩小時來討論關於教育旅行的事。如果是一般學校，學生可能會在更早的階段就聽到說明，可是對這所學校的學生而言，在那之前的期末考比較重要。首先必須知道考試

結果才行。

要是得知教育旅行的行程表後，卻因為期末考不幸退學可就笑不出來了。

「那麼，接下來要公布第二學期的期末考結果。」

緊繃的氣氛，緊張與不安。但目前並沒有學生感到絕望。

去年的這個時候，校方實施了名為Paper Shuffle，只有這所學校才有的期末考。櫛田的陰謀、龍園的影子。雖然堀北的戰略和特色也很強烈，然而今年不一樣。

規則也很普通——挑戰校方制定的考試，倘若分數明顯低於不及格分數就得退學。此外，這也是各班之間的戰鬥，第一名的班級可以獲得五十點班級點數，第二名可以獲得二十五點班級點數。第三名要倒扣二十五點班級點數，第四名則要倒扣五十點班級點數。可以說是純粹的競爭班級點數之戰。

不及格分數是所有科目的平均分數，也就是拿到三十九分以下的分數。仔細調查過考試內容後，可以知道無論哪個科目都是只要有認真上課，就能輕鬆拿到及格分數的程度。

「這次的期末考，首先從倒數幾名的學生開始公布。」

茶柱老師露出嚴肅的表情，絲毫沒有鬆懈下來的樣子。

即使感覺像是在刺激學生，但適度的緊張感還是必要的吧。

「首先是最後一名的學生——」

比起前幾名的成績，倒數幾名的成績感覺更重要。

「平均分數五十三分的本堂，就是你。」

「唔哇咦！我？啊，可是五十三分沒那麼糟吧！咦，我可以感到高興嗎？」

本堂發出怪聲，其中摻雜著沒有不及格的喜悅，與身為最後一名的現實。

本堂平常就在倒數幾名徘徊，他應該不是第一次拿到最後一名吧。

之後也依序從倒數幾名公布下去，然後開始叫到前面幾名的名字。

可以說倒數幾名組的實力的確提升了吧。

身為我女友的惠也拿到平均五十六分，比起預料中還不錯的結果。

會有這樣的結果，最主要的原因肯定是愛里在全場一致特別考試退學那件事。

那次考試之後，在ＯＡＡ最後一名的學生萌生了隨時會遭到捨棄的危機感，所以無論怎樣的考試都會全力以赴，不敢有絲毫懈怠。

就像原本只想跟我一起念書的惠，成績也穩紮穩打地在進步。

只不過，這個問題必須儘早解決才行吧。因為我真的只有教她最基本的內容，所以她有因為成長潛力的差距而遭其他學生拋下的風險。應該去請會好好規劃並指導同學課業的堀北和啟誠，或是洋介教她念書。

螢幕上依序顯示出叫到名字的學生各個科目的分數、總分還有平均分數。我是第十二名。緩

慢且踏實地提升排名。

然後終於要公布班上的前十名了。

第十名是須藤。儘管有些擔憂，結果跟上次十分相似，他穩定地拿到分數，殺進前幾名。雖然排名只有上升一名，還是更新了自己的紀錄呢。

最後的第一名則是罕見地有兩位，是平均分數同為九十三點五分的堀北與啟誠。

「關於年級排名，我們班超越一之瀨班的平均分數獲得第二名。你們做得很好。」

第一名是坂柳A班，第二名是堀北B班，第三名是一之瀨D班，第四名是龍園C班。

這下班級點數就多了二十五點。只不過坂柳的A班即使是倒數幾名的學生，成績大致上也都不錯，所以我們班這次也沒能獲得第一名。雖然不多，還是拉開了差距。

「那麼──從你們在期末考的努力程度，也能清楚知道你們很期待教育旅行。但在討論相關行程前，首先要請你們做一件事。」

茶柱老師如此說道，只見螢幕上顯示影像。

系統按照老師指示，在每個學生的平板上顯示表單，是一大排熟悉的同班同學名字。與前方的螢幕是一樣的內容。

上面有姓名、性別和號碼這三個項目，其中已經填好姓名和性別。

就如同茶柱老師所說，記載著班上所有的人。

既然只有號碼一欄空白，可以知道大概要在這裡填上數字。

在看到的瞬間便能大致理解表單的含意，但不清楚這個號碼是以什麼為基準。

僅限於能從座位上窺探到的範圍，不過沒有一個學生可以理解號碼的意義。

「這張表單上刊登著二年B班，也就是這個班級的學生一覽。可以看到在名字和性別旁邊，有一小欄寫著號碼的項目是空白的吧？本班人數為三十八人，要請你們扣掉自己，在號碼欄填上從一號到三十七號的數字。同一個號碼不能用兩次。首先請在自己名字的號碼欄輸入『本人』，讓人一目了然。」

二年B班扣除已經退學的山內和愛里，共有三十八人。

似乎就是要扣除自己，替每個學生編號到三十七號為止。

問題在於這個號碼意味著什麼吧。

很難想像校方是要我們毫無意義地隨便填上數字。

所有人都操作平板，按照指示輸入「本人」的文字。

確認過這點之後，茶柱老師開始說明關於號碼的含意。

「接下來要請你們填上的號碼意義，可以當作是自己對那個人的評價。純粹因為對方能力很強，很尊敬他所以填一號。或是因為感情很好所以填一號，又或者對方很有趣而填一號都行。總之重點在於請你們對照自己的標準，給予正面的評價。」

換言之，也就是要替同班同學排名。

不對──滑動表單後，我發現這張表單似乎不只是同班同學，還有其他三個班級的學生。

「應該也有人已經發現，這個排名是針對所有二年級生，要請你們替各班同學排名。如果是其他班的學生，搞不好也有根本沒說過話的同學，同樣也是按照你們個人的標準排名就好。希望你們在知道的範圍內填上號碼。」

由學生來評價學生。雖然去年做過有些類似的事，但可以說跟那次又有很大的不同吧。

不過究竟是為什麼，要讓學生做這種像是在打成績單的事呢？

「當然了，你們給誰填了幾號這件事，不會洩漏任何相關情報給其他學生。我們這些班導也不會知道你們怎麼評分，所以放心吧。」

也就是說，管理這些表單的是營運學校的高層人士。

「還有在填寫這張表單的期間，禁止私下交談，此外也禁止看ＯＡＡ。你們腦中記得的部分就另當別論，如果沒有自己動腦思考或推測，而是以學校的評價為參考來排名，那就違反了原本的目的。」

似乎也會限制學生依靠某些材料，不帶感情地替其他人編號的行為。

「有很多女生我真的都沒講過話，也完全不知道她們的ＯＡＡ怎麼樣，所以只能隨便填個號碼，這樣沒關係嗎……？」

與交友廣闊的一部分學生不同，本堂沒什麼自信地喃喃說道。

「對。說得極端點，對於沒什麼交情的人，隨便填個號碼也無所謂。只不過校方會基於某種目的運用這份清單，所以無論變成什麼結果，你們都要自己負責。」

也就是說基本上應該是以總評的順序填寫號碼，不過結果還是交給填寫者自行斟酌吧。相對地對於之後可能會造成的影響，也不能發牢騷。

畢竟能否適切地替每個學生打分數，也要看至今是否有好好經營人際關係。

若是隨便評分八成會後悔，所以認真地挑戰吧——就是這麼回事。

「請你們接下來在限制時間的一小時內填完號碼。萬一無法在時間內填完，就得縮減教育旅行的說明時間繼續填寫，所以要繃緊神經認真填寫。」

沒人能料到竟然會在教育旅行前被迫做這種事吧。

儘管感到困惑，茶柱老師立刻發出可以開始填寫的指示。

所有人就在腦袋還沒準備好的狀況下開始了。

不過——總評嗎？

我決定把最花時間的自己班放到後面，先從A班動手處理。

如果只論純粹的能力，一號我會選坂柳，但這次要求的是綜合評價。

即使用單純的喜歡或討厭這個人來決定一切也無妨。

要把一號給容易相處的人或是欣賞的人也行，全看個人的斟酌判斷。

無論如何，都應該秉持一個明確的標準來分配數字。

原本打算立刻開始填寫，但是意外困難。

最保險的標準，果然還是目前的能力綜合值嗎？

至於完全沒有交流的學生，就從記憶中的ＯＡＡ來計算也無所謂吧。

決定好方針後，便從一號開始分配號碼。

這大概也是很多學生的共通點吧，果然Ａ班的一號給坂柳這件事，可說是既定路線。我就像這樣花了大約二十分鐘寫完三個班級所有人的評價。只剩下自己所在的Ｂ班。

因為這個班級除了ＯＡＡ以外，還有獲得各式各樣的情報，所以無法那麼單純地打分數。

還包括隱藏的潛能、溝通能力和成長性。

即使也會出現在某種意義上跟ＯＡＡ相似的部分，目前的一號應該是洋介吧。

不只是單純的綜合值，如果把至今以來的貢獻也計算進去，別無他選。

沒有洋介，這個班級就不可能協調。

然後二號選擇高圓寺。隱藏的潛能，還有在二年級生無人島考試中的貢獻、在體育祭中無意的貢獻等等，他給班上帶來極大的具體好處。即使扣掉難搞的性格和缺乏協調性的部分，這也是十分妥當的評價吧。

我們會建立起目前B班的地位，無庸置疑是高圓寺的功勞。

在學業方面經常獲得好成績的堀北、啟誠和小美等人的評價也很高。

然後對於具備超群身體能力且學力方面不能小看的須藤，我填了九號。如果只論升上二年級以後的表現，他的評價可以說是僅次於高圓寺，大概是第三或第四人吧。

就這樣寫完所有學生的評價，抬起頭來。

合計經過了將近四十分鐘，除了我以外的學生好像都還沒寫完——

原本這麼以為，但與一直在觀察學生們的茶柱老師四目交接後，我得知坐在旁邊的高圓寺早就先寫完了。

雖然無法斷定，他十之八九是什麼也沒多想便分配了號碼吧。

也沒有再看平板檢查一遍，而是對著自己的指甲輕輕吹氣。

除了分組以外，如果考慮到校方可能把這個號碼運用在某些特別考試上，能夠設想到的模式有哪些呢？

舉例來說，掌握這份資料的校方，會挑出各班被選為綜合評價第一、第二名的學生，讓這些人進行考試嗎？相反地也可能把綜合能力較低的學生們聚集起來，讓他們挑戰以結果來說難度適中的課題。

不過，若是這樣，應該事先提醒我們用能力的優劣來分配號碼，而且話說到底，根本不用讓

學生們來評分。因為學生們按照自己喜好來分配號碼的結果，演變成畸形對決的風險非常高。

2

茶柱老師在距離預定時間剩餘幾分鐘時，向我們說道：

「很好。看來所有人都完成了，填寫表單的作業就到此結束。」

所有人都順利在規定時間內完成對所有學生的評分。

「雖然比預料得早了點，接下來開始說明關於教育旅行的事吧。」

「等好久啦！」

從死板的填寫表單當中獲得解脫，池等人拍手叫好。

與以往不同，茶柱老師不再警告池，而是開始操作平板。

儘管有聽說會舉辦教育旅行這件事，但至今仍不曉得要去哪裡。

在全場一致特別考試中出現的選項有三個。

北海道、京都與沖繩。

各班從這三個地點中選出一個投下一票，獲得最多票的地點就會作為教育旅行的地點。

順帶一提，我跟堀北和啟誠同樣是希望去京都的少數派。

即便這個班上的投票權轉移到北海道那邊，還是有希望。

只要其他三個班級裡有兩班投票給京都，我的願望就能實現。

結果究竟——

「首先是之前全場一致特別考試的結果。」

茶柱老師像是在賣關子一樣，停頓了幾秒鐘。

「——綜合各班選擇的結果，教育旅行的地點決定是獲得三票的北海道。」

這個結果讓學生們在聽到之後發出同時摻雜著歡喜與失望的聲音。

不過堀北班的一票也是投給北海道，從這點也可以說多數人是感到開心的，所以沒有問題。

這樣啊，決定是北海道了嗎？

從堀北的背影來看，她看起來不像是感到失望的樣子。

即使是啟誠，也完全看不出來他有哪裡不滿。

相反地原本是沖繩派的須藤等人，不知是否打從一開始就接受結果，似乎毫不在意。

照理說校方並沒有認可我們分享投票情況，但學生有可能耳聞了一些小道消息。

雖然覺得有些遺憾，但京都歸京都，北海道歸北海道。

就我的角度來看，無論要去哪裡都是未知的世界，令人期待這點並沒有變。

「我想你們應該知道，別忘了教育旅行就跟字面上的意思一樣，是為了教育你們學問和知識的旅行。跟一般高中不同，有很多規則需要遵守。」

茶柱老師稍微提醒興奮的學生們不能把教育旅行跟玩樂混為一談。

「該不會在旅行途中突然冒出什麼特別考試……吧？」

我們當然不可能抱持確信，也難怪有人想代表學生確認這件事。

看到本堂戰戰兢兢的確認與學生們的樣子，茶柱老師稍微笑了一下。

「放心吧，不會有要你們競爭班級點數的特別考試。」

得到斬釘截鐵如此斷言的承諾，讓班上同學都鬆了口氣。

「在開始詳細說明前，我先提一下關於這次五天四夜的行程表。」

教育旅行行程表

第一天

從學校出發↓羽田機場↓新千歲機場↓抵達滑雪場、講習↓滑雪↓前往旅館

第二天

一整天自由活動

第三天
在札幌市中心走訪觀光景點↓前往旅館

第四天
一整天自由活動※附帶條件

第五天
踏上回程

第二天是一整天自由活動，第四天好像附帶條件，但也能自由活動的樣子。

「我一直在擔心，可是行程很普通嘛！不，比普通行程還好嘛！自由萬歲！」

看來這個行程跟其他學校典型的教育旅行相比，似乎也毫不遜色，幾乎所有學生都很滿意這個普通的教育旅行行程表，大家的反應異常熱烈。

的確，如果是這所學校，就算出現更不正常的行程表也不奇怪。

「要感到興奮是無妨，但你們已經忘了我說的話嗎？這趟旅行會保證自由活動的時間，相反也有不少身為高度育成高級中學的學生應該完成的課題。」

據說不會有特別考試，那究竟會要求我們做什麼呢？

「知己知彼，百戰百勝——就是這次教育旅行的主題。」

「啥？什麼，咦？老師剛才說什麼？」

本堂疑惑地歪頭，無法理解老師說的「孫子」兵法的名言。

「意思就是要理解競爭對手的實際情況，並摸清自己的實力，這麼一來就不會打敗仗。」

須藤比任何人都快一步用淺顯易懂的說法解釋這句諺語。

「喔、喔喔，你真強耶……居然連這個都懂啊。」

「這沒什麼厲害的啦。話說到底，就跟字面上的意思一樣嘛。」

須藤對於一個知識不會表現出驕傲的模樣，也能讓人抱持好感呢。

「一般來說，教育旅行會由幾個人組成一組來行動。這方面你們也一樣，但有一點跟其他學校明顯不同。就是不會只和自己班上的同學一組，而是會把整個年級打散進行分組。」

「咦？咦咦？咦咦咦？那麼，跟感情不好的傢伙分到同一組的可能性搞不好很高嗎？」

原本還對沒見過的北海道感到興奮不已的學生們，一口氣被拉回現實。

彷彿要展現這點一般，茶柱老師開始詳細說明。

「說得沒錯。視人際關係和分組而定，也可能發生同組人幾乎都是第一次碰面的狀況吧。」

我在其他班級的人際關係，實在不能說是交友廣闊。

視小組人數而定，非常有可能演變成茶柱老師所說的情況。

「如果是一般學校，一個年級最多只有一百六十個學生，你們應該很有可能會認識更多朋友吧。但這所學校的方針成為缺點，妨礙你們的人際關係。」

畢竟在同一個環境學習了一年半以上，朋友的數量自然會跟著增加。

事到如今不難想像這所學校的方針會妨礙到這點。

「對你們而言，最重要的應該是能否在A班畢業吧。換言之，這是各班之間的戰爭。這種架構今後也會一直持續下去，不會改變。把其他班同學當成勁敵來看待的情況，當然會比當成朋友來相處的機會更多吧。」

也就是說這種環境不適合拓展人脈。

「因此你們要在平日的校園生活中，得知其他班學生的日常生活和實際情況的機會，自然也十分有限。」

經過這一年半以上的時間，我們的確變得比較熟悉關於同班同學的事。

不過，關於其他班級的狀況，當然有很多人都只知道表面。

畢竟隨便讓人看到弱點，也可能被趁虛而入嘛。

以完全不同的角度來說，也有可能出現對打敗對手感到猶豫的狀況吧。

希望其他班級的摯友也能在A班畢業。

倘若產生這樣的感情，可能會在競爭時陷入嚴重的迷惘。

應該也有不少刻意不去了解的部分吧。

「在這次的教育旅行中，消除那種缺點就是我們的目的。先不論是不是其他班級，這是你們身為這所學校的學生，同時也作為一個人認識對方的大好機會。」

五天四夜看來很短，卻又漫長。

在這段期間只要小組行動的時間愈多，拉近距離的可能性愈高。

只是反過來說，也有可能出現距離完全沒有拉近的情況吧？

即使校方消除障礙，要是學生本身築起一道高牆，那也莫可奈何。

「總覺得……想到教育旅行要一直顧慮別人，好像沒辦法玩得盡興耶！」

儘管知道不可能改變校方決定的規則，還是可以看到好幾名學生像池一樣提出反駁。

與知心好友一起度過——這是很多人不想退讓的事情之一吧。

尤其是剛交到女友沒多久的池，以他的立場來說，雖然要看詳細規則為何，但說不定會喪失和篠原同組的機會，也難怪他會這麼慌張。

在喧囂逐漸蔓延開來時，一個男人——洋介為了阻止這種狀況，從座位上站起身來。

「我贊成校方的想法。」

在一整片反對聲浪中，洋介打頭陣表明贊同。

「你當然覺得好啊，平田。畢竟你在其他班級應該也有很多要好的朋友，如果你是想自誇就免了。」

的確，對於交友廣闊的洋介來說，無論跟誰分到同一組，看起來都不太會出問題。只不過洋介當然不可能是為了誇耀這種事才發言。

「不是這個意思。我在其他班級也沒有比班上同學更熟悉的學生啊。因為認為隨便過於深交並不好。」

首先洋介主張他原本也跟池等人站在同一邊。

「既然這樣，你為什麼贊成啊？」

「因為我覺得那麼做的確有意義吧。假如扣掉社團活動，這所學校的同儕關係很明顯十分薄弱，我一直覺得很少有機會可以跟其他班級的學生變成朋友。」

那要說這是必然的狀況也沒錯。

雖然在幾場特別考試中有暫時成為同伴的情況，既然基本上具備由各班互相競爭的性質，就像洋介所說過的，通常會傾向於避免隨便加深交情。

對心地善良的人來說，那樣反倒會更難辨吧。

「既然這樣，贊成校方的想法果然還是很奇怪吧？畢竟跟競爭對手保持一定的距離，才比較好辦事呢。」

「嗯……但我認為與班級無關，朋友就是朋友呢。」

女生之間的意見也產生分歧。這是看法的問題。

「討論到最後，大概會變成先有雞還是先有蛋的問題。應該說既是朋友也是勁敵，或者該說雖是勁敵也是朋友呢？無論哪邊一定都是正確答案。就像老師說的一樣，教育旅行是學習這點的好機會吧？選項並非只有一個。我認為只要選項變多，也會出現更多種可能性。」

「我好像可以明白平田的意思耶。而且啊，就算在這裡掙扎，校方也不可能改變規則吧？」

如果發牢騷可以讓校方願意通融，那麼抵抗也有意義。

不過班上同學都很清楚那是不可能的吧。

「你們討論得這麼熱烈不是壞事，但是先讓我把話繼續說完吧？先聽完具體的流程，應該也會比較方便討論。」

茶柱老師如此說道，只見平板從日程表切換到其他畫面。

「校方決定在教育旅行的五天四夜期間，盡可能將各班學生公平地分組。基本上是由八名學生組成一個小組。你們可以簡單想成是每班各派出一男一女。只不過在今天這個時間點，二年級生整體的人數共一百五十六人。用八人小組來計算的話無法整除，因此會建立十八個八人小組以及兩個六人小組。性別比例也會盡可能公平。」

退學的四名學生是男女各兩人，剛好均等，但因為有所屬班級不同的問題，所以八人小組可以公平分配，不過六人小組無論如何都會在班級比例方面產生偏差。

然而這點是無法避免的，因此也無可奈何。

當然前提是在教育旅行當天之前沒有出現新的退學者，或是沒有人因為身體不適而缺席。

「關於要請你們從哪裡到哪裡以小組行動，就等抵達北海道再說。」

不只是口頭說明，螢幕上也顯示小組行動的規則。

需要小組一起行動的狀況

·在當地校方有所指定的時候

·自由活動

不需要小組一起行動的狀況

·住宿設施內部

各班分別搭巴士從學校出發，前往羽田機場。然後飛機會在新千歲機場降落。之後在機場裡

分成事先決定的小組。

分組後直到搭巴士回學校的最後一次移動為止，原則上都要小組一起行動。

從學校到機場的移動，還有抵達北海道後團體行動搭乘巴士移動的機會也很多。看來包括就寢時間在內，幾乎所有時間都會與小組成員一起度過。

「自由活動也無法一個人隨心所欲的行動。而是需要小組成員一起討論，小組行動這點是絕對的。如果不能透過討論決定要前往的地點，就不允許離開旅館。」

倘若是親近的朋友，要各讓一步也很簡單，然而這種狀況說不定相當棘手。

假如是比較有主見的學生聚集在一起，很容易各持己見。

結果很有可能演變成哪裡都去不了的情況。

「在住宿的旅館裡，基本上可以不用小組一起行動。要在自己喜歡的時間去大浴場也行，在大廳放鬆一下也可以，關於用餐方面也是，只要是在規定的時間內，可以自由決定何時用餐。」

唯一的例外是住宿的旅館。

房間是男女分開，即使還是會跟小組成員同房，不過像是早餐、晚餐、洗澡和除此之外的在住宿設施內的散步，似乎都可以一個人自由行動。

「這四個晚上都會住同一間旅館，是在北海道也非常有名且氣派的住宿地點。我想你們應該能過得很舒適，不至於感到厭煩。」

「嗚嗚，搞不好只有旅館才是最療癒的空間……」

「我再強調一次，這次的旅行是深入了解其他班學生的好機會。」

聽了茶柱老師的說明後，洋介似乎產生其他疑問。

「如果要跟許多人互相接觸，我覺得在旅行途中一直是同一個小組，好像有點不對勁。」

「平田提出的問題十分合理。以我們的立場來說，也考慮過每天重新分組。然而並不是無所作為地與許多人互相接觸，就能夠了解對方。假如相處時間不到一天，只靠表面工夫撐過去也不難吧。不過要相處四晚，情況就會產生很大的變化。倘若無法與對方坦誠相見，便無法快樂地享受這趟寶貴的旅行。」

如果只是一天，的確只要忍耐一下就好了。

就算與看不順眼的人分到同一組，反正隔天就會更換組員，也能忍受到改天碰到比較好相處的組員為止。

另一方面，假如早就知道小組是固定的，就只能設法與其他組員和睦相處。

「如果是像平田和櫛田一樣在其他班級有很多朋友的人，或許不管跟什麼人同一組，都能相處融洽吧。相反地對沒什麼朋友的人來說，也有可能演變成不管跟誰同組都十分痛苦的情況。不過你們千萬不要把這件事想得太悲觀，要認為這是個好機會。」

人際關係當然沒有嘴巴說得那麼簡單。

倘若是想交朋友卻交不到的那種人，或許就像茶柱老師說的一樣，可以當成讓自己積極起來的契機。但對於不需要朋友的人來說，這將是一趟有點沉重的教育旅行。

好吧，後者那種人說不定打從一開始就覺得教育旅行很麻煩吧。

「假如查到有人沒遵守小組一起行動的規定，也可能會剝奪自由活動的權利吧。」

剝奪自由活動的權利——若是演變成那種狀況，這趟教育旅行就喪失大半的意義。

換言之，就是要絕對嚴守與自己的組員一起行動的規定。

雖然大多數學生都會遵守規律，其中也有不這麼安分的學生呢……

同學們的視線一起看向坐在最後面的高圓寺。

「各位，怎麼了嗎？為何用羨慕的眼神看向我呢？想看就看個夠吧，無所謂喔。」

根本沒在聽茶柱老師說話的高圓寺如此說道，面露爽朗的笑容。

這個男人在很多方面都不會察言觀色，但他像這樣來上學，而且一直很安分也是事實。或許在教育旅行的小組行動時也會意外地守規矩……只是也許。

無論如何，因為前景還不透明，如果可能，應該有很多學生不想跟高圓寺同一組吧。

「關於分組的方法，並不是隨機分組，而是會以剛才請你們填寫的表單為基礎來安排。」

特地在開始說明教育旅行之前耗費時間進行的動作。

看來那似乎關係到教育旅行的分組。

「此外，關於你們平常使用的手機，在教育旅行時也能使用，沒有問題。只不過可以打電話的對象範圍依舊不變。校方准許你們聯絡二年級生以及在校生，還有碰到緊急情況時可以報警或叫救護車，除此之外還是一樣禁止聯絡家人或校外人士。校方也會管理通話紀錄，所以請你們千萬注意這點。」

關於她說的這次教育旅行的主題。

很難想像純粹只是為了讓學生打成一片的安排。

應該可以當作是著眼於今後的校園生活設下的布局之一吧。

之後茶柱老師也繼續說明關於教育旅行的事，但是與其他學校最大的不同之處，頂多就是將整個二年級打散分組這件事。

除此之外，多少需要留意一下的地方，應該是現金的消費方式嗎？

我們身上只有個人點數，沒有在校外購物的方法。因此好像要事先向校方申請把個人點數兌換現金，請校方發放現金給我們。然後在當地發現錢不夠用時，似乎最多可以兌換一萬圓。等教育旅行結束並回到學校後，也能再把現金換回個人點數，所以事先多換一點現金是比較聰明的做法吧。

3

一到午休時間，我就去找惠一起吃午餐，這是最近的慣例。

只不過難得有好幾名客人——洋介與佐藤。

「綾小路同學，這樣好像雙重約會呢。」

站在附近的佐藤有點害羞地如此低喃。

「慢點慢點，小麻耶，這種話不該跟清隆說吧？」

兩個女生邊走邊講的對話像在吵架，又像是好友的玩笑，讓人聽得不是很懂。

「我是第一次去北海道呢。清隆去過嗎？」

「不，沒有。」

對於以前待在White Room的我來說，幾乎是不曾經驗的領域。

雖然在課程的過程中曾前往各種地方進行模擬體驗，但也沒有在北海道體驗的經驗。我知道那是個擁有廣闊大地的寒冷地區，剩下的只有透過電視和課本得知的知識。

看來話題的中心果然會變成與教育旅行相關的事啊。

「話說高中的教育旅行都這麼自由嗎？不會自由過頭了嗎？」

「我也大吃一驚啊。一般只會給學生一天裡的一部分，大概一小時或兩小時的自由活動時間而已吧。」

「自由活動時間長一點沒什麼不好吧？我覺得比起要去資料館或跪坐下來聽當地人長篇大論要好太多了。」

惠的反應讓洋介笑了，佐藤也激動地點頭表示同意。

至於我……倒是覺得那種傳統的行程也不壞呢。

要是過於自由，就會偏離教育旅行原本的意義。

「有點在意關於分組的事呢。即使我很歡迎跟其他班級友好相處這樣的方針，總覺得之後一定有什麼狀況。」

「你說跟其他班級友好相處之後嗎？」

洋介點了點頭，像是要尋求答案般將視線看向我這邊。

「既然要賭上僅有一個的A班座位來競爭，同情這種感情會變成絆腳石。」

「果然會讓人想到這種可能性呢。」

已經強烈感受到那種方向的洋介，心情大概很複雜吧。

雖然想與其他班級友好相處，相反地也擔心感情太過融洽造成的弊病。

「我有點害怕。如果其他班級有些人非得在A班畢業不可，很怕會不小心得知內情，或是跟那些人變得親近。」

「嗯……原來如此。我可能有點明白平田同學的意思，會產生同情呢。」

佐藤似乎也想像了那種情況，稍微感到理解。

「我倒是不會那麼想耶？因為自己可以升上A班這件事比較重要呀……我很冷漠嗎？」

惠直截了當地否定那樣的感情。

那並非冷漠，而是大多數人非常合情合理的真心話。

「無論是誰都無法看透人類感情的本質。只不過若要表達我個人的想法，假如僅限於當時、僅限定在一瞬間，人類是非常擅長表面工夫，能輕易變得溫柔的生物。而且厭惡讓別人看見自己抱有負面感情這件事。」

這種愛好與厭惡非常棘手。

「就像洋介說的一樣，假設別班有個學生非得在A班畢業不可。如果那個學生無法升上A班，日後有可能會自盡。」

「咦咦？那樣是不是有點誇張呀……」

「我當然是說得比較誇張。不過並非百分之百不會發生這種狀況這點也是事實。」

一個人的感情界線究竟劃在哪裡，除了本人之外沒有人知道。

「假設我們知道內情，而且手邊有兩千萬點以上的個人點數好了。只是，這些個人點數也必須用來保護自己的班級。雖然沒有這些點數也能一戰，但這是很重要的保險。在這種狀況下，如果班上有類似洋介這樣的人物，主張至少想拯救打算自盡的學生呢？」

「咦……這……」

「儘管在內心覺得別開玩笑了，要是班級的氛圍偏向可以拯救那個人，那會怎麼樣？也可能有部分學生在表面上露出可以伸出援手的態度吧。」

倘若表示反對，可能會遭人投以輕蔑的眼光，認為自己太輕忽別人的性命吧。實際上也不曉得露出輕蔑眼光的人內心到底怎麼想就是了。

「說了些比較誇張的例子，總之了解敵人並不是只有好處而已。」

「那麼校方為什麼試圖讓我們友好相處——」

似乎是想到了原因，惠說到一半便停住。

「或許在今後……例如可能會關係到特別考試之類的……？」

「沒辦法否定這種可能性吧。」

至少如果是現在的我們，其他班級的人不管是誰退學，大多不會放在心上。不親近的人消失，對於自己升上A班只會更加有利。

「如果那張表單和教育旅行都只是舞台裝置之一，重頭戲或許是學年末測驗吧。」

「倘若真是那樣，可能會變成很棘手的狀況呢……我就是害怕會變那樣。」

「我有同感，感覺不太舒服呢。」

洋介和佐藤也透過剛才的例子，開始理解對將來的不安。

即便在目前這個階段還完全不曉得是否會牽扯到退學者，唯獨內容會比去年嚴苛這點，應該不會錯吧。

4

對教育旅行朝思暮想的學生們，就這樣熱血沸騰地迎接放學後。

我收到某個人物接連傳來的訊息。

那個人物似乎接下來想約在櫸樹購物中心附近的長椅見面。

我的女朋友惠，今天應該跟佐藤等幾名女生約好要在宿舍一起玩。

當然可以無視對方的訊息，或是要求改約別的日子，但對我而言約在今天正好也方便。

我也有些在意對方的情況，先去碰個面比較好吧。

於是立刻回覆可以見面，決定前往約定的地方。

比預定時間提早大約十分鐘到達，因此先坐在長椅上等候。

也因為剛放學沒多久，可以看到許多學生通過長椅前方，前往櫸樹購物中心。

不過令人在意的是對方為何約在這種引人注目的地方碰面。

也有可能是怕我有所戒備選擇避而不見，但考慮到性格，這樣實在不像對方的作風。

特地事先聯絡我這點，也跟平常的做法有出入。

純粹是因為精神方面的問題，或者是有其他力量干預呢？

我暫時目送前往櫸樹購物中心的成群學生……

然而即使到了約定的時間，那個人物似乎還沒抵達。

稍微早到或遲到都是很常見的事吧，我決定別想太多，繼續上網。

「嗨～」

就在我用手機上網打發時間時，聽到從遠處向我打招呼的女生聲音。抬頭一看，可以確認到傳送訊息給我的人物，也就是天澤一夏。

天澤的身旁還有應該是別班同學的七瀨同行。

七瀨看起來有點吃驚的樣子，與面帶笑容的天澤形成對比。

她邊揮手邊走近這邊，然後在我眼前大約幾十公分處停下腳步。

「讓學長久等了～」

「七瀨也一起來了啊。」

人都站在眼前，也不能視而不見，因此我在形式上還是先提及這點。

「是的。請學長原諒我沒有先說一聲就跟過來。」

「不，沒必要道歉。雖然感到有點意外就是了。」

原本還以為天澤今天是要找我出來一對一談話。

不過天澤接下來說的話立刻消除我的疑問。

「我會遲到都是因為被小七瀨叫住的關係～」

如此說道的她指向七瀨，表示七瀨應該負責。

「而且她堅持要跟過來，妳就那麼想見綾小路學長嗎？」

「咦，是這樣嗎？」

「啊，不是——」

雖然七瀨有點慌張，但她立刻訂正天澤所說的話。

「因為很在意天澤同學的行動，才會跟過來，我不知道她跟綾小路學長約在這裡碰面。」

「咦咦～？我沒有說嗎？我覺得有告訴妳耶。」

「妳是在跟綾小路學長對上視線時才告訴我的吧。」

「啊哈哈哈，可能是吧。」

所以跟我對上視線時，七瀨才會露出有些慌張的態度啊。

於是我聆聽兩個一年級生說明情況。

只不過七瀨並不打算離開，從這點來看，她應該也有決定留下的理由吧。

我暫且將七瀨擱在一旁，把注意力放到天澤身上。

「聽說妳請假休息了一陣子？」

「學長還真清楚呢。果然是很在意我的事，跑去調查了嗎？如果是綾小路學長，就算變成跟蹤狂，我也很歡迎吧。」

自從文化祭結束，又隔了個假日之後，天澤一直沒有到學校露面。

應該不是因為搞壞身體吧。

「因為我向綾小路學長報告過。」

「也就是說，跟蹤狂其實是小七瀨？」

天澤舉起雙手，假惺惺地做出誇張的反應。

「是女孩子嗎～哎，畢竟現在是多樣化的時代嘛？而且小七瀨很可愛嘛？說不定可以。」

「請妳不要擅自誤解。」

相對於情緒高亢的天澤，七瀨冷靜地告訴她。

「我今天會向天澤同學搭話，正是為了這件事。自從八神同學退學以後，妳一直請假沒來上學。那很明顯並非身體不適，而是精神方面。而且妳突然回來上學，理所當然感到懷疑。」

七瀨會注意突然回來上學的White Room學生，是很自然的發展。

八神拓也——我曾跟他有幾次牽扯，從退學那件事來看，也可以確定他跟天澤同樣是White Room出身的學生不會錯吧。

不難想像同樣是夥伴的天澤對此事有著強烈的感觸。

「既然知道妳是來見綾小路學長，我也不能就這樣回去。」

「總覺得妳好像保護學長的騎士呢。」

「我並不是那麼偉大的存在，但是我判斷依照天澤同學目前的精神狀態來看，不曉得會做出什麼事。」

雖然這樣的發展好像是巧合，七瀨也以自己的方式揣測過情況吧。

畢竟很難想像請假結束的天澤來學校只是為了上課。

「好像是這麼回事～」

儘管天澤直到現在一直表現出開朗的態度，還是無法感受到平常那種活力充沛的樣子。

「即使有點礙事，我想應該還不要緊。」

「既然還留在學校，就表示妳自己找出答案了吧？」

聽到我這麼詢問，天澤忽然安靜收起笑容。

從她動搖的眼神來看，似乎並非那麼一回事。

「為什麼學長沒有指示那些人把我帶走呢？學長應該也能順手讓我跟拓也一起退學吧。」

「比起讓我退學，妳更優先享受自己的校園生活這件事。至少我是這麼認為。並不打算硬逼妳退學。」

不，話說到底，我對八神也是這樣。

雖然沒有直接開誠布公地交談，但如果他願意以留在學校這件事為優先，那也沒必要讓他退學吧。

「我還沒有像學長想像得那樣已經找出答案。反正就算回去，也沒有我的容身之處吧……這麼想著想著就過了好幾天，就只是這樣。」

如此說道的她彷彿自嘲似的笑了。

也就是說她還沒決定要繼續留在原地或是往前進。

或者也有對我露出敵意的選項吧。

「就算這樣，妳還是找出了某些方針。所以才會找我見面吧？」

「哎，是呀。我開始覺得既然難得可以留下，那樣也不錯了。反正無法回到White Room，但是就算退學，也不曉得父母人在哪裡。再說我也不想因為無處可投靠，落得只能去做可疑打工的下場嘛？」

要是流落街頭，為了活下去只能不擇手段。

不過只要還留在這所學校裡，除非退學，否則直到畢業的生活都能獲得保障。

而且還有最終校方會收購個人點數的制度。

依照事前的說明來看，雖然沒有到等價交換，假設就算是半價，也是一筆可觀的收入。

也可能在賺取一筆收入的同時，找到正當的工作吧。

或者也可以選擇第三條路。儘管天澤好像因為不知道人在哪裡所以想都沒想過，其實還有找出父母，回到他們身邊的選項。

只不過這樣在形式上等於是White Room淘汰的學生，基本上無法保證會受到什麼待遇。

換言之，能否選擇這條路，端看天澤父母的決定。

首先她的父母必須是資產家或名人等握有權力的身分。

倘若知道天澤是大有來頭的小孩，White Room禮遇她的可能性也會跟著提高。

還有就是天澤的父母需要女兒一夏。

只要能滿足這兩個條件，她也能作為一個普通的女孩子展開新生活吧。

就算這樣，也沒有必要現在硬是選擇這條路。

似乎對一直沉默的我感到在意，天澤輕聲說道：

「我會留在這所學校。前提是綾小路學長不排斥我這麼做……就是了。」

「假如我叫妳退學呢？」

「那我就退學。」

她會試圖求助、生氣或是感到悲傷呢？

還在想她會做出怎樣的反應，天澤立刻這麼斷言。

「還真乾脆呢。妳不會想替八神報仇嗎？」

「畢竟我也不想再繼續給學長添麻煩。」

這表示天澤也是有所覺悟才會過來這裡吧。

「這種話還真不像是好戰的天澤同學會說的話呢。」

「妳這麼說沒錯喲。我只對綾小路學長才有這種特別待遇。對於學長以外的人，今後也完全不打算客氣吧。」

這是她最真實的真心話吧。身為同鄉兼同胞的White Room學生，天澤對八神的評價似乎比我所想得還高。與八神退學有關係的人，今後很有可能變成天澤的目標。

「我根本沒有排斥的理由。若是想留下來，隨妳高興就行了。」

不曉得這樣能否鼓勵到她，但天澤看來有些開心地露出微笑。

「因為我的實力遠遠不及學長，根本不構成威脅嗎？」

「不是那個意思。我也只是一直留在這所學校裡的人之一，如果妳做出跟我一樣的選擇，想替妳打氣是很自然的事吧。」

是敵是友不過是些瑣碎的問題。

當然了，如果會妨礙我的計畫就無法置之不理。

希望她已經從八神那件事充分理解這點。

「……這樣呀。」

「如果天澤同學這些話都是出自真心，我也會支持妳。」

雖然七瀨的表情還沒有澈底放鬆警戒，依然這麼回答。

「奇怪，怎麼有水從眼睛冒出來……這是什麼呢……第一次有這種感覺。」

「不，不管怎麼看，妳都沒掉半滴眼淚。」

「啊哈，真神奇～明明我這麼感動呢。」

即使她的態度跟平常一樣，那看起來就像是為了鼓舞自己勉強展現的演技。

「妳可能不想被問，不過八神究竟是個怎樣的人？」

「我也很好奇。先不提企圖讓綾小路學長退學一事，至今仍不曉得他為何一直做些拐彎抹角的事情。」

明知道風險很高，為何還是要傷害篠原等人的小組呢？

為何要把毫無關係的一年C班學生逼到退學呢？

因為校方也有公告八神這些醜聞，所以很多人都知道了。

以七瀨的立場來說，果然也會感到很好奇吧。

「這個嘛……」

天澤稍微露出陷入思考的模樣，但她立刻慢慢說道：

「我想拓也是害怕跟綾小路學長戰鬥。不過他一定是把那種畏懼的感情藏到內心深處，就連他自己都沒有自覺。」

比任何人都了解八神的天澤如此分析。

根本用不著我插嘴詢問細節，這一定就是正確答案吧。

「為了逃離那種恐懼，他一直在連自己都沒察覺到的狀況下不斷繞遠路……」

這樣的行為最終演變成自掘墳墓的結果。

「或許還要花一點時間才能恢復成平常的我。但是大概很快就能……再次打起精神。」

她完全沒必要勉強自己加緊腳步吧。

天澤的校園生活才開始不到一年。

只要今後慢慢思考自己應該前進的道路就行。

「我只是想把這些話告訴學長。那麼，我今天就先回去嘍。小七瀨呢？」

雖然天澤看起來像是在邀七瀨一起回家，然而七瀨搖搖頭。

「不好意思，我想跟學長聊一下再走。妳應該不介意吧？」

「這樣呀，那麼今天就破例把學長借給妳。」

我可不是妳的東西耶——不過天澤現在是在拚命強顏歡笑吧。

她無意在現場逗留太久，便朝宿舍邁出步伐。

我與七瀨兩人默默目送她離開，直到看不見背影為止。

七瀨的側臉表情十分嚴肅。

「觀察她的發言、態度和舉動後，學長是怎麼想的呢？」

「怎麼想是指？」

「我還是有些擔心天澤同學今後的行動會不會出問題。」

看來七瀨似乎是對此感到擔憂，才會一直用嚴厲的視線注視天澤。

「妳沒辦法信任她嗎？」

「我想信任天澤同學。不過還是覺得不能掉以輕心。」

雖然說得比較委婉，但是可以確定她不信任天澤。

「我不會掉以輕心。應該說就只是保持平常的樣子。」

我是為了度過校園生活而待在這所學校。

無關遠近，不會受到敵對者影響。

「是我想太多，杞人憂天了……是吧。」

「很感激妳有這份心意。畢竟同伴多多益善嘛。」

七瀨似乎在某種程度可以接受這個想法，不過她接著說道：

「我做好了被學長嫌囉唆的覺悟，請讓我再說一次就好。雖然可以理解綾小路學長的實力，還有天澤同學改過自新的可能性，還是請學長多加小心。天澤同學是White Room學生這件事是無庸置疑的事實。不曉得她會使出什麼手段。」

七瀨強烈地希望我能事先做好準備，以防萬一。

「我希望綾小路學長可以繼續留在這所學校，然後順利畢業。」

我不會說這不關她的事，但是七瀨看起來很擔心我，更勝過擔心自己。

「假如學長碰到什麼麻煩，無論是多瑣碎的事情都沒關係，請隨時找我商量。」

「我非常明白妳想說的話了。我會記在心上。」

說到這個份上，七瀨也心滿意足了吧。

「那麼，我先失陪了。」

是覺得再繼續待下去會妨礙到我嗎？七瀨背對著我，準備回宿舍。

她一直提醒我不要鬆懈對天澤的戒備，然而有一件事莫名不對勁。

為了確認那件事，決定試著深入一點。

「有件事忘了說，這星期有教育旅行。」

「啊，對耶。是那樣沒錯呢。學長，請盡情享受這趟旅行吧。因為教育旅行正是校園生活的

樂趣。」

「我就是這麼打算。」

果然有種突兀感。不管她知不知道教育旅行的事情，應該都有話要跟我說才對。明明如此，在交談過程當中，七瀨卻連打算提起的樣子都沒有。

簡直就像完全忘記那件事一般。

「妳有什麼想要的伴手禮嗎？」

我讓七瀨停下腳步，試著更深入關於教育旅行的話題。

「這麼說來，學長要去哪裡旅行呢？」

「去北海道。」

「哦，真不錯呢，北海道。說到北海道……有什麼伴手禮呢？奶油之類的？」

「要單買奶油當伴手禮，好像怪怪的啊。」

如果這是她最想要的東西，我是不打算否定，然而感覺似乎不是那樣。

「啊，那我想要外面有層巧克力的洋芋片，很有名對吧？」

「……不清楚耶。」

感覺我們的對話不在同一個頻率上。

「我晚點會調查看看巧克力洋芋片長什麼樣子。如果在那邊有找到，會記得買的。」

「謝謝學長。」

如此說道的七瀨再次準備打道回府，我果斷叫住她。

「七瀨，可以問妳一件事嗎？」

「好的？什麼事呢？」

天澤的事情與教育旅行的事情。

即使一般學生無法看出這兩件事有什麼關聯，但是七瀨看得出來。

不，應該說如果她看不出來就奇怪了。

「妳雖然很擔心我，卻絕口不提教育旅行途中令人擔憂的事情啊。」

「咦……？」

七瀨疑惑偏頭，像是在說不懂我這句話是什麼意思一樣。

「妳不明白嗎？」

我像在催促她「仔細想想吧」似的說了這麼一句之後，七瀨柔和的笑容瞬間僵硬。

「這所學校的保全系統很嚴密，可以說是二十四小時都受到保護，免於外界侵襲的設施。實際上，就像月城也是親自潛入內部企圖讓我退學。但如果是教育旅行就是另一回事了。教師沒辦法顧及所有人，必須警戒的時間與機會比無人島那時更多。」

沒錯，這個風險應當會比被挫了銳氣的天澤更高。

「如果認識那些傢伙，可以想像他們也能採取擄人上車這種強硬的手法。既然妳這麼警戒天澤，更應該多提醒我一句『請多注意安全』吧。不對嗎？」

七瀨表示不曉得天澤會做出什麼行動，直到天澤來上學為止一直在確認她的情況。

然後推測天澤會跟我接觸後，甚至跟過來這裡露面。

這樣的七瀨不可能沒有察覺教育旅行的危險性。

「擊退了八神同學和天澤同學的綾小路學長，哪用得著我擔心呢——」

「妳這麼說就奇怪了。既然這樣，妳今天根本沒必要跟在天澤身旁監視她。而且這跟妳再三提出警告的行為也自相矛盾。與可能會碰到一群大人蜂擁而上的外面相比，校內即使是White Room學生，天澤也只有一個人。要論危險程度，根本連比都不用比。」

雖然七瀨感到困惑，依然立刻開口……卻說不出話來。

「想不到藉口嗎？」

「學長在說什麼呢？你好像有什麼誤會。」

剛才還還能窺見七瀨明顯產生動搖，但現在的她十分冷靜。

「或許是誤會吧。那麼，麻煩讓我重新聽一下妳對教育旅行的見解。會擔心天澤說不定陷入自暴自棄而一直監視她的妳，為什麼對教育旅行一點也不擔心呢？」

「說來難為情，是我對危險性的認知太過天真。仔細一想，就像綾小路學長說的一樣，外面的世界明明充斥著危險……」

七瀨回答那純粹是她想得太天真。

的確，如果真是這樣，以話題的連貫性來說也不是無法理解。

不巧的是我沒辦法就此做出結論。

「遇見妳之後，我一直對某件事感到疑問。就是關於月城與White Room學生，還有跟妳的關係。月城應該給了妳許多指示才對，為什麼沒有聽說任何具體的事項。」

月城是利用七瀨翼想替松尾榮一郎報仇的感情，讓七瀨聽命於他。

另一方面，關於White Room學生的真面目，月城完全沒有透露任何情報。

「那應該是因為……我是一般人吧？既然不具備像White Room學生那樣的實力，就算他不信賴我也不奇怪。」

「我一開始對月城這個男人並沒有多高的評價。這是因為認為有其他更有效率的方法可以把我逼到退學。但在與他接觸的過程中改變想法。如果是那個男人，其實應該能讓我退學吧。」

甚至覺得可以做出他是刻意放水的結論。

「以結果來說，學長並沒有退學。這難道不是因為綾小路學長的實力超乎月城前代理理事長的預想嗎？」

「假如要簡單地做個結論，或許是那樣吧。」

換言之，這一連串的發展可能並非那麼單純的結構。

「稍微把話題拉回來一下，我認為妳會警戒天澤，卻沒有警告我外頭世界的危險性，其實是另有原因。」

「真相就是因為我缺乏理解。除此之外，學長認為還有什麼理由呢？」

「會警戒天澤，是因為妳也無法推測今天的天澤會採取什麼行動吧？還有妳沒有警告我教育旅行中可能會碰到危險，是因為知道White Room那邊並沒有那種意圖或打算吧？」

如果他們設下陷阱的機率是零，也難怪七瀨不擔心。

「我不懂學長的意思。為什麼你能斷言沒有那種可能性呢？」

「我才想問妳這件事呢。」

「聽到學長這番話後，我強烈認知到教育旅行當中可能會有的風險。現在希望學長能比戒備天澤同學更加小心留意。」

我反問了七瀨幾次，但她都只是維持自己缺乏理解的主張。

「雖然這只是假設，能請妳聽一下嗎？」

「當然可以。」

「月城打從一開始就沒有讓我退學的意圖——這就是我的假設。」

這樣會推翻至今為止的前提，然而這個假設暗示著各種關聯。

「那樣不是很奇怪嗎？學長要怎麼解釋天澤同學和八神同學的存在？尤其是八神同學一直為了讓綾小路學長退學在行動，從跟天澤同學的對話當中也可以得知這件事。」

「假如天澤和八神認真地想讓我退學，是因為高層那些人沒有告訴他們真正的目的，這一切就說得通了。」

「那麼月城代理理事長呢？他利用自己的地位，使出了好幾個強硬的手段。」

「如果他來真的，我大概已經退學了吧。」

在討論實力如何之前，他應當能從無數的選項中強制葬送我才對。

「我明白學長的想法了。說不定幕後真的隱藏著那樣的意圖。但是，居然連我都被包括在那一連串陰謀裡……這讓我有些遺憾。只是漏看教育旅行的危險性，真不希望被學長當成敵人。」

「那麼順便問一下，文化祭又是怎麼回事？White Room的相關人員都接近到我身旁了，妳卻甚至沒在我面前出現過。這也是想得太天真嗎？」

「……那是……」

「純粹是因為妳忙著處理自己班的攤位，顧不了我這邊嗎？擔心我只是其次。」

「不、不是的。那個，我當然很擔心學長。有時也會守望學長——」

「妳確定要斷言自己一直在守望我嗎？假如妳這麼說，我接著就會反問是什麼時候、在哪裡觀察我的情況。」

無論七瀨的立場，應該都充分理解我是個怎麼樣的人。

倘若她輕易做出虛假的供述，事跡無可避免馬上就會敗露。

關於文化祭那天的行程，我還清楚地記得細節。

「那些傢伙在文化祭時也無意強制讓我退學。雖然有催促我自主退學，但應該連想都不用想就知道我不可能因為那樣退學。所以也可以解釋妳為什麼沒有現身。」

七瀨一邊壓抑感情，同時靜靜地倒抽一口氣。

「無論是文化祭或教育旅行，White Room那邊都不打算讓我退學。不，話說他們打從一開始就沒有那種計畫。如果這個假設正確，七瀨，妳的存在就顯得非常奇妙。」

「…………」

「松尾真的自殺了嗎？還有他的兒子榮一郎真的死了嗎？原本以為是第三者的妳的發言讓松尾死亡的消息增添幾分真實感，但是如果妳會待在這裡是打從一開始就算好的事情，那麼妳說的話就完全沒有可信度。」

無論是她在無人島述說的事情，或是以敵人身分擋在我前方，又變成友軍的事情，都會失去保證。

「綾小路學長，這一切都是真的。就算我這麼說，既然你已經像這樣懷疑我，即使你的前提是假設，我想也一定無法消除疑慮。」

要確認這是否為真相，只能調查戶籍謄本等資料。

當然了，倘若White Room也有參與，就連戶籍謄本都有可能造假。

「假設是學長說的那樣，那麼我來到這所學校的理由是什麼呢？沒有合理的解釋。」

「不，有合理的解釋。倘若把妳想成是來輔助我的就行了。妳的任務是從旁支援，避免我被八神或天澤這些White Room學生搞到退學。妳會因為松尾的事情跟我一度產生爭執，也可以想成是為了讓我放鬆戒備。」

以敵人身分對戰後轉變成同伴的人。根據時間、場合與原因，能夠在短期間之內建立起信任關係。

「妳的任務就是負責擔任天澤所說的騎士——我就是這個意思。」

月城為了讓我退學，指派了任務給七瀨與八神天澤陣營。

他指派給七瀨的任務是假裝與我敵對，讓她確認我的實力，然後成為同伴。

在這個任務中只要刻意不給我關於White Room學生的情報，還能跟我一起認真進行推理。

「只不過是假設罷了。實際上也有十足的可能性是認真企圖讓我退學。而且不管這個假設是否成立，我都不會有損失。倘若這個假設說中了，就表示妳純粹是我的同伴。就算猜錯了，妳也還是會跟以往一樣站在我這邊。」

就只是一枚硬幣不存在正反面的概念，不管哪一面都描繪相同圖案的狀況罷了。

但還是稍微記在腦海裡吧。

那個男人或許不是為了讓我退學才行動的可能性。

那麼又是為了什麼？

究竟是從哪個階段開始？

松尾的生死、他兒子的生死，都對狀況沒什麼影響。

無論這些是真是假，

假如到目前為止的所有事情都會顛倒過來……

我會進入這所學校就讀，說不定都是打從一開始就決定好的事。

「現在不管我說什麼，感覺綾小路學長都沒辦法接受呢。我想只能花上一段時間來消除學長的疑慮。」

「雖然不清楚是否有消除疑慮的方法，但是可以那麼說吧。以我的立場來說，倒是不介意妳按照以往那樣跟我相處。」

「那可不行。那樣我……沒辦法接受。」

她迅速低頭行禮，為了踏上歸途快步邁出步伐。

七瀨的體能沒有強大到足以與White Room學生匹敵。

儘管看不出學力高低，然而要論臨機應變的能力，目前也還差天澤他們一點。

不過——

七瀨翼還留有一手。

我的確產生了這樣的預感。

5

在下午七點過後太陽也完全下山時，須藤造訪我的房間。

「抱歉沒先聯絡就突然過來……這香味……今天吃咖哩嗎？」

須藤聞到飄到玄關的晚餐香味，如此低喃。

然後忽然看向並排在玄關的兩雙鞋子。

「有客人嗎？」

「對，我跟惠打算吃咖哩，正在做準備。」

「是輕井澤啊……」

如此回了一聲，穿著便服的惠就打開通往客廳的門扉，探出頭來。

「我在這裡會不方便嗎？」

「不、不是，沒那回事啦。搞什麼啊，你們兩個總是黏在一起嗎……？」

從這樣的反應，也能推測出他應該是以為沒有其他人才會來找我吧。

「我們當然會一直黏在一起啦。因為是情侶嘛。」

「誰規定情侶一定要一天到晚黏在一起……好像也不能說有錯。」

須藤本想反駁，但不知是否想像了一下身邊的幾對情侶，露出厭倦的模樣表示認同。畢竟像是池與篠原，最近都毫不在乎他人眼光做些引人注目的事，例如手牽手或坐在男友大腿上。

記得他們今天也是一到放學後就說要兩個人去ＫＴＶ。

「你好像剛結束社團活動啊。」

印象中須藤大多是在這個時間回到宿舍。

「因為沒有女友的我只剩下籃球啊。」

這番話……讓人不知道該怎麼回答才好。

「話說，抱歉在你吃飯前打擾，方便借一步說話嗎？不會耽擱你太多時間。」

他剛過來就確認了鞋子的數量，從這點也能想見應該是有什麼祕密要私下談吧。

「妳先吃吧。」

「咦～？我會等你啦。你們很快就會講完了吧？他都說不會耽擱太多時間了。」

聽到惠這麼反問，須藤又重新思考了一下，接著回答不用五分鐘後，惠似乎很滿意這個答案，於是關上門扉。

我穿上鞋子，跟須藤一起來到走廊。

雖然很難想像惠把任何祕密洩漏給第三者知道，但是這麼做須藤比較能放心吧。

「綾小路，我說你啊……不，哎呀，該怎麼說呢？你果然……已經跟輕井澤那個了？」

須藤用曖昧的描述含糊其辭地向我確認。

「這就任憑你想像了。」

「唔……你這麼說不就等於是答案了嗎……」

要怎麼解釋全憑個人。

「然後呢？你找我究竟有什麼事？」

「喔，說得也是。就算你很受歡迎也不奇怪，再說我也沒空在意那種事啊。」

須藤像要甩開邪念似的搖了搖頭，確認周圍。

「其實是關於小野寺的事，她最近應該說很積極地展開攻勢嗎？我很困惑。」

以為須藤會很開心……然而並非如此，只見他以困惑的模樣如此說道。

可以看出我在文化祭時所說的話，這幾天來一直沉重地壓在須藤身上。

正因如此，身為應該負責的人，必須認真傾聽這方面的話題吧。話雖如此，應該訂正的事情還是得先訂正一下。

「你說是小野寺展開攻勢，不過看在旁人眼裡，她從體育季結束後一直沒有多大的變化。恐怕是因為你的看法改變，才會這麼覺得吧。」

就小野寺的角度來看，她絲毫不覺得須藤有發現自己對他抱持好感。她應該只覺得表面上是很正常地約朋友一起吃飯或出去玩。

「……或許是那樣吧。」

須藤搔了搔頭，露出坐立難安的模樣。

「自從聽你說了小野寺的事情後，該說我老是靜不下心，還是如坐針氈呢。就算在聊天，也會忍不住一直思考她心裡究竟是怎麼想的。」

畢竟以須藤的立場來說，他原本對小野寺應該只有她是個運動員的印象，還有只把她當成合得來的好朋友看待。

一旦知道小野寺說不定對自己有好感，會有所改變也很正常吧。我跟須藤的對話在這時停了下來。然後陷入大約十秒鐘的沉默。

「然後呢？你想跟我說的話是什麼？應該還有後續吧？」

我這麼催促須藤，於是他似乎做好覺悟再次開口：

「跟那樣的小野寺待在一起時啊……我的內心就會冒出不好的感情。忍不住心想乾脆跟她交往好了，這樣說不定就能交到人生中第一個女朋友，反正鈴音又不會理我，跟小野寺交往不也很好嗎？雖然不知道我現在能不能用客觀的角度來看，小野寺也長得很可愛嘛。」

不僅如此，小野寺跟須藤又很聊得來，而且兩人都是自律甚嚴的運動員。

如果只考慮契合度，在我身邊的人當中，感覺他們是最理想的組合。

「你會那麼想並不是什麼糟糕的事。話說對異性的好感未必一定是兩情相悅，應該也有很多單相思的情況。」

話雖如此，也不是所有人都能坦率接受這件事。

身在這裡的須藤也正為此感到苦惱。

「或許吧……而且啊，我還會想到其他事情。畢竟搞不好你的判斷本來就是錯的，那傢伙可能只把我當成朋友看待而已吧？假如真是這樣，自以為人家暗戀我就尷尬到極點，搞得我的腦袋都亂成一團了。」

小野寺對須藤抱持好感這件事，幾乎可以說是確定事項吧。

不過，的確沒人能保證事情跟我們想得一樣。

原本對著某人的箭頭，也有可能明天就轉向其他人。

「你果然也煩惱了很多嗎？畢竟輕井澤原本跟平田在交往嘛。」

「哎，是啊。」

即便實際情況完全不同，現在就當作是那樣，附和須藤說的話吧。

「假如、假如小野寺向我告白——我就是害怕發生這種狀況。」

「如果她現在向你告白，你打算怎麼辦？」

「……我不知道……不，不對……不對啊。我大概沒辦法答應她的告白。」

須藤這麼回答，表示他會自己浪費掉抓住幸福的機會。

「我果然還是喜歡鈴音啊。」

這就是須藤現在擁有的明確答案之一。

「光是想像那傢伙因為被我拒絕而受傷的模樣，就覺得十分痛苦。」

「也就是說你不曉得該朝哪條路前進，才會來到這裡嗎？」

「不……我並不是希望你給建議。這是我自己心情的問題。就算向別人尋求答案，那也是錯誤的啊。」

看來他並非來這裡尋求救贖。

「我用自己的方式想出了一個答案。希望你可以聽我說。」

「就讓我聽聽看你想出什麼答案吧。」

「我——要在教育旅行途中正式向鈴音告白。認真請她跟我交往。」

「原來如此。」

這並不是要討論如果趁現在告白有沒有勝算吧。

而是須藤判斷為了打破這種狀況，只能自己主動採取行動。

「我果然還是喜歡鈴音，現在實在沒辦法下定決心跟除了她以外的人交往。不管會有什麼結果，都想先弄清楚我跟鈴音之間的關係。」

到目前為止，須藤一直展現顯著的成長。

堀北本身肯定也對這點有很高的評價。

「或許成功機率很低，也可能只是讓自己丟臉。就算這樣……」

須藤認為不表達自己的心意就無法往前進。

所以才會像這樣表明他的決心吧。

「我並非覺得如果被甩掉，就乾脆跟小野寺交往算了喔？無法澈底死心的心情反倒有可能變得更強烈……」

如此說道的須藤用力握緊拳頭。

「我今天會過來你這邊，是希望你可以見證我這種覺悟。」

「見證？難道是要我見證你告白的場景？」

「雖然一般來說不會給局外人看自己告白的樣子啦，但我大概需要有人幫忙見證。」

或許須藤為了鼓起所有勇氣，必須像這樣推自己一把。

藉由斷絕退路，讓自己能夠說出對堀北的心意。

「我打算對她伸出手，說請跟我交往，還有假如願意跟我交往，就握住這隻手……」

須藤一邊說，一邊像是在預演似的伸出自己的右手。

即使還沒到那個階段，可以清楚感受到他蘊含強烈的熱情。

他應該會在堀北面前把心意化為言語傳達出去吧。

如果要在目前這個階段做評論，他的勝算實在不能說有多大。

但是——說不定——可以感受到他堅定的意志與熱情還有決心，讓人覺得或許真的有機會。

以堀北的性格來看，或許不會立刻答應變成情侶吧。

儘管如此，還是很有可能獲得「先從朋友做起」這種有機會更進一步發展的答覆。

「知道了。雖然也要看時間跟場合，但我會盡可能守望你。這樣就行了嗎？」

聽到我這麼說，須藤不知是否也感到安心，於是鬆了一口氣。

「嗯，抱歉啦，拜託你這種事。那麼，事情就是這樣……我會再聯絡你，萬事拜託啦。打擾了你跟輕井澤相處的時間，不好意思啊。」

須藤表示不能再繼續占用我的時間，回到自己的房間。

目送他離開後，我也回到房間，只見惠坐在餐桌前的坐墊上。

她似乎連咖哩都還沒盛，一直在等我。

「歡迎回來～你們聊了什麼？」

「很多事。」

「很多事～？這樣讓人很好奇耶，告訴我嘛～我會保密的。」

「告訴妳也無妨，但是在那之前先站起來一下。」

「嗯？」

惠一臉不可思議地歪了歪頭，我讓她站起來後，用手撫摸坐墊的表面。於是可以感受到一股冰冷的感觸。

「妳果然在偷聽我們說話啊。」

「……穿幫了？」

假如她一直坐著等我，坐墊沒有變暖就很奇怪。

「我的演技很差勁嗎？」

「妳的演技很完美。只是我覺得如果是妳，八成會豎起耳朵偷聽吧。」

「唔——原來如此。」

「還有，假如要蒙混過去，至少應該若無其事地迴避坐墊沒變暖這個問題。像是主張在我回來前才去冰箱拿飲料過來之類的。除了水之外，還有牛奶和茶。」

「咦咦～？可是明明還沒開始吃咖哩，這樣不會很奇怪嗎？而且杯子裡也有水呀。再說如果是清隆，感覺還會去看冰箱確認飲料剩多少。」

「我的意思是如果要避免偷聽這件事穿幫，至少要做好這些準備。水只要喝掉就好，如果喝不下，拿去廚房倒掉也行。畢竟在烹飪的過程中，水槽本來就濕了。」

就算她把水拿去倒掉，其他人也不可能分辨箇中差異。

假如水槽沒有弄濕，也可以拿去廁所倒掉吧。

「先、先別說這些了，好啦，我們來聊聊關於教育旅行的話題嘛。」

如此說道的惠像是要逃避這個話題一樣，將身體向前傾。

繼續現在這個話題也沒有更多意義，因此我決定附和她。

「以妳的立場來看，覺得這次教育旅行的行程表如何？因為有很多自由活動時間，在班上也成了話題對吧。」

「好像是那樣呢。但是以我的立場來說，覺得那是個缺點。因為只能跟同一個小組的人一起行動對吧？能跟你分到同一組的機率感覺又很低，沒錯吧？」

我們分到同一組的機率大約百分之五左右。只不過這個前提是如果只用單純的機率來決定分組的話。

「嗚嗚，神明大人，請讓我跟清隆同一組！」

惠交叉十指，彷彿在對上天祈禱似的懇求。

「就算沒辦法一起自由活動，待在旅館裡時也不會受到限制。以我的立場來說，反倒認為這是熟悉別班學生的大好機會。」

倘若跟惠同一組，我們當然會一天到晚都黏在一起，度過相同的時光吧。

我不會說那樣的時光很糟糕，但總覺得有些浪費。

就像我們現在也是兩人獨處一樣，有很多機會可以一起共度時光。

「感覺你好像不太想跟我同一組耶。」

「沒那回事。只不過為了在分到不同組時也能好好享受旅行，最好還是先有個心理準備。」

惠在理性上也明白這一點吧，不過她似乎沒辦法坦率地接受。

「可是……」

她像是鬧彆扭般鼓起臉頰，然後抱住我的肩膀。

「要是清隆不在，我可能會寂寞到死掉喔。」

「這麼說太誇張了。」

「可是可是……」

為了讓惠稍微拿出幹勁，或許得在這邊下點工夫。

「我會認為跟妳不同組也無妨是有原因的。為了升上A班，我們已經來到需要各班情報的階段。在教育旅行時，應該有很多學生會變得毫無防備吧。」

我對一臉不滿的惠更進一步說道：

「聽到教育旅行的行程表和分組的事之後，我上網查詢其他學校的情況。然後知道了幾乎整整兩天都安排自由活動的行程是相當罕見的例子。從這點來思考，我認為校方的目的應該是想趁現在給我們跟其他班級的關係帶來變化。」

「這是為了什麼？」

「這點還不曉得，總之再過不久，可能是第二學期末或第三學期末吧？在教育旅行中獲得的情報大概會發揮作用。」

「所以你希望我去收集能成為武器的情報呢？」

「因為妳的能力讓人驚嘆啊。機會難得，我想有效運用。」

如此說道的我摸摸她的頭，於是惠雖然還是有些不滿，也逐漸露出竊喜的模樣。

「哎、哎呀？也不是不能理解你想依靠我的心情啦～」

「當然了，如果分到同一組，我也打算跟妳一起好好享受旅行。只不過就算沒有同一組也要好好享受，不要因此失去幹勁，反而要趁這個機會為了班級派上用場吧。」

「……嗯。既然你這麼說，我會努力的。」

我反覆撫摸她的頭，決定慢慢轉移話題。

「關於剛才須藤那件事——」

「啊，是須藤同學要向堀北同學告白那件事吧？嗯，我可能有點感興趣呢。」

本來不太確定能否用這個話題勾起惠的興趣，但她似乎比我想像得還要在意。

「畢竟女生好像很喜歡討論別人告白的話題嘛。」

「那是當然的吧。好吧，雖然我覺得他一定會被拒絕啦。」

「是嗎？」

「咦？清隆覺得他會成功嗎？」

「我覺得應該有機會。如果說先從朋友以上的關係開始培養感情也算告白成功，那麼我賭他會成功。」

「不會吧，你是認真的？那就跟我賭一場吧。賭他會告白成功還是失敗。」

「妳打算拿什麼當賭注？」

「嗯～那麼假如我賭贏，就拜託你送有一點貴的聖誕禮物好了～」

如此說道的惠很快就開始妄想了起來。

「妳還真好懂啊。那要是我贏了呢？」

「到時候不管你說什麼我都答應。」

「妳下這麼大方的賭注真的好嗎？」

「因為絕對不可能成功嘛。這不是須藤同學好或不好的問題，而是因為他告白的對象是堀北同學。畢竟她大概對戀愛沒興趣吧。」

「那很難說吧。」

的確，乍看之下堀北沒有要談戀愛的樣子。

更何況如果要說她目前是否喜歡特定的對象，也是很大的疑問。

不過應該無法斷言因為堀北對須藤並未抱持好感，所以告白不會成功吧。

堀北現在也處於正在學習許多事情的階段。

無法完全否定她會跟我一樣朝著那個舞台更進一步的可能性。

如果對象是須藤，堀北對他的印象也不差吧。

「啊～真期待聖誕節～要讓你買什麼給我好呢～」

「那我也來慢慢地仔細想想要請妳做什麼好了。」

「哇，感覺你這種說法有一點下流！」

那是妳擅自把我想像成那樣的。

名副其實的教育旅行

教育旅行當天早上。四輛巴士聚集起來，便服打扮的全體二年級生在巴士前方整隊。

今早的氣溫低於五度，有時會吹起刺骨的冰冷寒風。

但是我們接下來要前往的北海道氣溫會更低。

因此校方也仔細提醒學生檢查有沒有忘記帶手套和大衣等物品。包括衣物在內的行李最終檢查，還有手機等必需品都檢查完畢。

「首先所有人都能健康地迎接教育旅行這件事，讓我鬆了口氣。」

二年A班的導師真嶋老師大聲地這麼說道，當作是搭車前的致詞。

負責二年級生的班級導師們似乎會分別搭上這四輛巴士，一號車是真嶋老師、二號車是茶柱老師、三號車是坂上老師、四號車是星之宮老師。

簡單來說，就是按照A班到D班的順序吧。

在搭車前的這段時間，我用手機確認接下來的行程。

巴士會開往羽田機場，接著搭飛機在新千歲機場降落。

然後搭上當地的巴士，前往安排在第一天行程的滑雪場。

我靜靜瀏覽小組一覽的頁面。

包括被分配到第六小組的我在內，上面列出八名成員的名字。

來自A班的鬼頭隼人和山村美紀。來自B班的我與櫛田桔梗。

來自C班的龍園翔與西野武子。

然後D班則是渡邊紀仁與網倉麻子。

我對校方挑選的分組沒什麼不滿，但是沒想到居然會跟許多學生認為最棘手的龍園同組。

關於鬼頭、山村、渡邊、西野和網倉，因為我跟他們幾乎沒有交流，所以不清楚詳細情報，應該會在小組行動時逐漸了解吧。

在五天四夜的教育旅行期間，要一直一同行動的成員就此確定。

這個絕妙的小組成員讓人難以判斷到底算不算有很深的關聯。

順帶一提，我給其他成員填的號碼分別是櫛田六號、渡邊十八號、網倉十四號、龍園六號、西野十八號、鬼頭九號、山村十四號。無關我個人與他們的親近度，而是以學校歸納的OAA為主要基準來排序。

在這些人當中，我給櫛田與龍園最高的評價。

但是其他七個人未必也給了跟我一樣的評價。

尤其是龍園，因為有很多學生討厭他，就算被很多人填在非常後面的號碼也不奇怪。尤其是常站在坂柳身旁的鬼頭，有可能給龍園不錯的號碼嗎？

不，這終究只是我的想像罷了。

就算有人因為龍園兼具作為領袖的資質與素質，而給他很前面或相當不錯的號碼，也不會產生矛盾。

雖然從前幾天校方要我們決定號碼這件事可以知道分組並非完全隨機安排，但是之後的細節不管怎麼妄想，或許都無法推論出答案吧。

「七個人當中有五個人都不認識嗎……」

而且也不知道該不該把龍園算進認識的人裡面。

至今為止的這一年半裡，我自認用自己的方式慢慢拓展了不少交友圈，不過要開拓在其他班的交友圈果然沒那麼簡單呢。

那麼，好像差不多快到搭車時間了。

學生們各自聚集到要好的朋友身旁。

接下來要搭的巴士並沒有規定哪個人要坐哪裡。如果是以前的我，應該會希望校方有規定座位，省得麻煩吧。

現在因為有惠這個女友，可以確定她必然會坐在我身旁，樂得輕鬆。

彷彿事先說好的一樣，惠揮著手站到我身旁。

然而洋介跟惠幾乎在同一個時間點現身。

「清隆同學，可以打擾一下嗎？」

「嗯？」

「關於巴士的座位，如果方便的話，到機場這段路可以坐你旁邊嗎？」

「坐我旁邊？這又是為什麼？」

洋介的鄰座可以說是特別座。

要是我搶了那個位置，會招來其他人反感吧。

因為櫛田爆料讓眾人得知暗戀洋介的小美，應該沒有勇氣光明正大地邀洋介一起坐，但是對洋介的鄰座虎視眈眈的人並非只有她而已。

彷彿在證明這點一般，可以感受到有好幾名女生用熱烈的視線看向這邊。

洋介看著我的雙眼，用眼神訴說。

這是他擔憂女生們為了爭奪座位點燃戰火所想到的上策吧。

「太受歡迎也很辛苦啊。」

「我不覺得自己很受歡迎喔。」

洋介並沒有因此自滿，只是平淡地這麼回答。

畢竟他察覺班級潛規則的能力可是出類拔萃的嘛。

即使是自己的事也宛如別人的事一樣擔心，他應該是想避免爭執吧。

「就是這麼一回事。惠，可以讓洋介坐我旁邊嗎？」

「咦～～？雖然很想這麼說，若是這樣也沒辦法呢。ＯＫ。」

惠似乎也對有恩於自己的洋介心胸寬大，答應了這個要求。

「相對的清隆要坐在靠走道的座位喔。我會坐在另一邊的靠走道座位。」

好吧，這應該是最沒有爭議的對應方式吧。結果我們坐在巴士中間偏後的四個座位上，從左邊開始是洋介與我，然後是隔著通道的惠與佐藤。

幾分鐘後，所有人都分別搭上四輛巴士，因此巴士開始朝機場出發。

巴士行駛途中不能起身離開座位，不過可以自由閒聊，此外也可以自由飲食帶上車的食物和飲料。

因此有部分學生很快地拿出零食點心。

「總覺得開始有旅行的感覺了呢。」

感受到周圍情況的洋介很開心地低喃。

對於別人幸福就是自己幸福的這個男人來說，學生這種雀躍的心情應該讓他感到很舒適吧。

「啊～啊。假如可以跟清隆同一組，就是最棒的旅行了呢。」

班上跟惠分到同一組的男生是明人，他們平常可說是完全沒有交集。

「所以才是個好機會吧？畢竟很少有機會能跟其他班級交流。」

「我並沒有追求那種機會耶……嘖。」

原本是期待我也會感到寂寞嗎？惠有些不滿地噘起嘴唇。

就算是這樣，她應該也非常明白我前幾天說的話。

就了解其他班級的狀況這層意義來說，惠的觀察也很重要。

順帶一提，洋介是跟松下同一組，佐藤則是跟沖谷同一組。

「欸欸，綾小路同學，你最近跟惠相處得如何？進展還順利嗎？」

「等等，那是理所當然的吧～？那種事情根本用不著確認。」

「說不定他只是顧慮妳的心情，才沒說什麼啊？」

「別說傻話了。我們可是超級恩愛呢，對吧～？」

這種無關緊要的對話一直持續到抵達機場為止。

1

在新千歲機場降落的我們在機場大廳開始整隊。

雖然到羽田機場的巴士是各班分開搭乘，接下來終於要開始小組行動。

第一小組到第五小組是由真嶋老師負責，第六小組到第十小組是由茶柱老師負責，第十一小組到第十五小組是由坂上老師負責，第十六小組到第二十小組則是由星之宮老師負責帶隊。

「小組成員都到齊後就開始決定座位吧。請你們自行討論要怎麼安排分配的座位。」

隸屬第六小組的我們在巴士裡面分配到八個指定座位。

我們要進行討論，決定每個人坐在這八個座位的哪裡。

順帶一提，我們的座位是位於從二號車前頭算起的前兩排，左右各兩個座位。

隸屬第六小組的我前往茶柱老師帶路的區域。

「綾小路同學，我們好像分到同一組了呢。」

如此向我搭話的是同班的櫛田。

「好像是呢，妳果然不管跟誰一組都沒差嗎？」

「基本上是啦。不過……我有點不歡迎龍園同學就是了。」

雖然具體而言不曉得櫛田對龍園展露本性到什麼程度，但他們倆應該曾經暫時聯手。就這層意義來說，或許是很難應付的對象。

「他也已經不是什麼可怕的對象了吧。妳本來就不是那種會害怕別人的人。就算不小心失言也不會對同班同學造成影響嘛。」

「我知道。畢竟龍園同學的目標是A班嘛，不管他什麼時候來威脅我都不奇怪。一直在猶豫要怎麼應付，從這方面或許可以說變輕鬆了點吧。」

就算本性遭到暴露，也不會對多數人造成影響。

看來櫛田似乎也確實做好這樣的覺悟。

「小桔梗～」

一之瀨班的男女舉起手，從一群學生當中鑽出來。

那是渡邊紀仁與網倉麻子。櫛田理所當然似的跟網倉也很要好的樣子，她們互相拉手，為了分到同一組這件事感到高興。儘管表面上擺出彷彿摯友的態度，但是一想到櫛田的內心八成毫無感情，就覺得看到驚人的光景。

「從今天開始的這五天，請多關照啦。」

聽到渡邊這麼向我搭話，我稍微舉手加以回應。

正因為至今為止完全沒有交流，這將會是了解對方個性的好機會吧。

這下子就到齊一半了。接著現身的是西野，然後龍園晚了一點也跟著出現。

「早呀，西野同學，還有龍園同學。」

櫛田像要打頭陣似的面帶笑容上前向兩人搭話。渡邊與網倉也跟著打招呼。

「……請多指教。」

女生的西野似乎跟櫛田和網倉沒有太多交流，感覺氣氛有些尷尬。

另一方面，龍園沒有回應特定的某人，就那樣保持距離停下腳步。

「剩下鬼頭同學與山村同學還沒到呢。」

「那兩人已經來了。」

「咦？」

我指向櫛田後方，她這才發現早就靜悄悄與我們會合的兩人並排站在那裡。

鬼頭一現身就以摻雜無言壓力的眼神瞪著龍園。

另一方面，山村則沒有看向任何人，只是將視線望向下方走近這邊。

「看來所有人都到齊了，事不宜遲，我們得決定怎麼安排座位才行呢。」

小組裡面有人會在這種時候率先帶領大家行動，是相當重要的要素。倘若要說有什麼問題，就是有點擔心負責擔任C班領袖的龍園會做出什麼發言，不過……

出乎意料的是他看來沒有要插嘴的樣子。

這表示他不打算統率其他班嗎？或者認為只是決定座位這種小事，根本沒必要插手呢？

「果然還是男生跟男生、女生跟女生坐在一起比較好吧？」

櫛田率先發言後，網倉也趁機這麼提議。

「大家覺得如何？有沒有異議呢？」

對於男女分開坐這件事，沒有任何人提出異議。西野跟山村都不感興趣的樣子。另一方面，男生也無法對網倉的發言提出抱怨吧。要是隨便開口反駁，就會被當成想跟女生一起坐的男生。

「那就由女生跟女生、男生跟男生各自討論怎麼安排座位，這樣可以嗎？」

櫛田用話語巧妙地切割掉男生這邊。

雖然讓擅長指揮的櫛田決定座位會比較輕鬆……這也沒辦法吧。

我和渡邊很自然地聚集到附近，但龍園跟鬼頭則是連一步都不動。

「怎麼辦，綾小路？可以強烈感受到這個問題很棘手的氛圍啊。」

「是啊。」

「雖然我跟誰坐都沒差啦，實在無法想像自己跟龍園或鬼頭聊得很開心的樣子啊。」

「如果是我就能想像得出來嗎？」

「咦？……呃……唉……應該比那兩個人好一點吧？」

因為拿來比較的對象是那兩人，實在無法坦率地感到高興。雖然覺得坐在渡邊旁邊好像比較不會被捲進麻煩裡……正當我開始考慮要不要就這樣若無其事地決定座位時，鬼頭一聲不響地走近這邊。

他低喃了一句最讓人傷腦筋的發言後，又回到原本的位置。

「只要不是坐在龍園旁邊，我就沒意見。」

「……怎麼辦？」

「要是勉強那兩個人坐在一起，感覺會出大事啊。」

渡邊似乎也能輕易想像那個光景，一臉厭倦地點了點頭。

「那只能分開來配合他們了。你比較想跟誰坐？」

「我都可以。渡邊就跟比較喜歡的那個人坐吧。」

「比較喜歡的那個……這可真難選啊？」

面對這讓人傷透腦筋的二選一，渡邊在苦惱一陣子後做出回答。

「總之我選鬼頭吧。畢竟那傢伙平常好像很安分的樣子。只要我沒有表現出敵意，他應該就不會對我做什麼。」

的確，鬼頭感覺沒有外表那麼可怕。

除了敵對的人以外，他確實給人一種人畜無害的印象。

那麼，我也姑且先打聲招呼吧。

教育旅行長達五天四夜。

「或許這非你所願，但是教育旅行途中只要沒出什麼問題，我會坐在你旁邊。姑且打算把靠窗的座位讓給你展現最大的善意，這樣可以嗎？」

「隨你高興。」

龍園目前就像剛來到陌生環境的貓一樣老實。

仔細一想，教育旅行這種活動就算無故缺席也不奇怪，不過龍園還是像這樣一板一眼地跟來了，真了不起啊。

「綾小路，你該不會誤會了什麼吧？」

「誤會？」

「我跟坂柳的前哨戰早就開始啦。」

如此說道的龍園瞥了鬼頭一眼。

另一方面，鬼頭似乎也預料到龍園的視線，於是回瞪過來。

「原來如此。也就是說必然會跟其他班級交流的教育旅行，是找出彼此破綻的好機會嗎？」

「這是個確認鬼頭有多強的好機會。視情況而定，還可以趁現在擊潰他。」

這個發言還真是危險，難以想像接下來要展開快樂開心的北海道旅行。

看來不會只是一趟單純的旅行啊。

這麼說來，坂柳好像是在第四小組嗎？

我在腦海中回想第四小組的成員。

來自龍園班的是時任裕也與諸藤梨花。

雖然第二學期還沒結束，但為了學年末開始互相刺探並不是壞事。要是碰上已經進入備戰狀態的這兩班，感覺會很棘手啊。

校方判斷小組已經討論完畢後，開始帶路。

我把巴士的靠窗座位讓給龍園，坐在他旁邊。

原本以班級為單位在移動中的巴士裡充滿活力，但是剛才那種盛況彷彿假象一般，現在車內鴉雀無聲。畢竟這是摻雜其他班級的人，由學校指定的小組。

既然小組成員未必都是感情很好的學生，多少得花點時間才能打成一片，輕鬆交談吧。宛如在證明這一點，搭上巴士的學生有將近一半都是優先跟同班同學坐在一起，而不是男女分開坐。

這就是如果無法像櫛田那樣率先決定要坐在誰的旁邊，必然會變成這樣的例子。

儘管如此，所有學生還是有著相同的目標，就是想要享受這趟旅行。

巴士發車過了大約三十分鐘時，大家也差不多重新自我介紹完畢，小組間的閒聊也不僅限於自己的同班同學，而是慢慢拓展交流圈。

然後聽說可以唱歌後，一名男生一手拿著麥克風唱了起來。

「我在那個一年級身上稍微感受到跟你一樣的氣息。你們是什麼關係？」

原本以為龍園不會在移動時跟我搭話，但他毫無預兆地從旁冒出這些話。

他維持著手肘靠窗的姿勢，並沒有特別看向這邊，感覺也像是在自言自語。

「如果我說完全沒有關係呢？」

「那是不可能的吧。他可是就算要打飛教師，也想過去你那邊喔。」

的確，那樣不可能認為他跟我毫無關係吧。

「稍微認識而已。就只是這樣罷了。」

「所以你要我別放在心上嗎？我可是聞到感覺很有意思的氣味喔。」

「關注一年級也沒用吧。最重要的不是升上A班這件事嗎？」

「我想做什麼就做什麼。這說不定哪天可以在宰了你時派上用場吧。」

原來如此。龍園與其說對八神感興趣，不如說看準了他背後應該有什麼可以成為我的弱點。

哎，雖然算不上弱點，但無法否認是有些麻煩的要素。

「甚至還有一群很不妙的傢伙把那個一年級拖走。而且校方還擺出默認這件事的態度。我感覺瞬間看見了你這個可疑傢伙的真面目喔。」

「不過還真遺憾啊，八神已經不在了。」

「的確，那傢伙好像退場了，但還剩一個叫天澤的一年級女生吧？我也可以找她玩玩喔。」

看來八神似乎留下了一點情報當餞別禮啊。

如果我一直保持沉默，龍園很有可能去找天澤麻煩。

倘若是一對一的戰鬥，天澤不會輸吧。

然而假設對手是龍園，事情不可能就這樣結束。

可以輕易想像到龍園糾纏不休地跟著天澤伺機而動，反覆嘗試與她接觸的模樣。

當然，如果是平常的天澤，她的實力還是可以在某種程度上應付這樣的龍園，然而現在因為八神退學，她正處於不穩定的狀態。

「好吧，算了。不管怎麼樣，跟你對決也是之後的事。」

看到我陷入思索，龍園這麼回答。

雖然有很多想說的話，但是比起不知何時才會真的開戰的堀北班，更應該傾注全力在已經確定學年末會對上的坂柳班這點也是事實。

「話說回來，龍園，有一件事想問你。其實我從今天早上開始就一直很好奇。」

「啊？」

我將手伸向設置在前面座位後方的置物網袋。

然後拿出裝在裡面的黑色塑膠袋。

「很好奇這個袋子是做什麼用的。」

「啊啊？」

龍園一臉疑惑地皺起眉頭，從鼻子發出冷笑。

「那是暈車想吐時用的袋子吧，你在開玩笑嗎？」

「原來如此。的確，如果暈車可能會嘔吐嗎？」

這就是俗稱的嘔吐袋啊。

「在無人島考試之類的巴士上並沒有這個東西。這不是每輛車都會隨時準備的嗎？」

我到目前為止曾搭過幾次巴士，還是第一次看到嘔吐袋像這樣放在置物網袋裡。

這應該是巴士公司的貼心服務，同時也是為了自己吧。

要是乘客在座位和地板上吐得到處都是，打掃起來也很費工夫吧。

即使我自認已經學了不少東西，還是有無數不知道的事情。

來到學校外面後，也會經常接觸到未知的事物吧。

「你還是一樣怪啊，是沒搭過巴士的大少爺嗎？」

「我的確沒有太多搭巴士的經驗。」

雖然看過很多因為三半規管失衡而吐出來的小孩們，但那並不是可以讓他們吐在這種袋子裡的環境。這也難怪，畢竟原本就不是以吐出來也沒關係這種前提去考量的。

我也多少體驗過暈車的感覺，所以先好好記住這個世上其實有這麼方便的東西吧。

2

在滑雪場附設的大型食堂用過午餐後，二年級生終於開始接受滑雪講習。此外，因為弄丟和故障的風險很高，我們收到禁止帶手機到滑雪道的指示。

儘管很依賴手機的學生和主張自己很習慣這種環境的高手發出不滿的聲音，但是無法違抗學校的指示，因此這也無可奈何吧。

所幸校方也同時發出通告，表示如果是隔天以後自主前往滑雪場便允許攜帶手機。只不過萬一弄丟或故障，需要支付相對的個人點數就是了。

之後我穿上租來的滑雪服，還有接過滑雪鞋。

鞋子外側似乎是塑膠製的。我按照指示解開帶扣，然後鬆開內襯把腳伸進去。我敲了敲腳跟讓鞋子貼合腳的形狀，接著拉平內襯，把帶扣由下往上拉緊。最後再把最上面的魔鬼氈黏緊，用雪褲內裡套住滑雪鞋。

這樣似乎就完成了最低限度的準備。

我試著像平常一樣走路，但那似乎不是正確的動作。

按照講師的指示以腳跟著地行走，於是成功地順利移動了。

準備完畢後，我們來到外面。

課程分成高級者、中級者與初學者三種，學生必須擇一參加。

沒有滑雪經驗的我毫不猶豫地與想參加初學者講習的人群會合。

雖然也能事先看書或上網調查，但是機會難得，我打算直接在當地學習，沒有吸收任何多餘的情報。

在全體二年級生當中，想參加這個初學者講習的人大約是全體的六成。

即便不清楚這樣算多還是少，不過中級者以上的人占了大約四成這點讓我有些驚訝。感覺在關東沒什麼機會可以滑雪，還是不乏有這種經驗的人啊。

第六小組的成員當中，龍園、鬼頭、西野與櫛田似乎因為是中級者以上所以不在這邊，剩餘的成員都是初學者。

人數眾多的初學者講習又更進一步分成每十人一組，由講師從頭指導滑雪方式。

即使我對首次碰觸到的滑雪道具非常感興趣，還是專心聆聽講師的說明。

另一方面，人數最少的上級者在接受簡單的說明後，似乎就可以立刻自由滑雪，他們很快來到滑雪道開始準備滑雪。

在那些人裡面也可以看到龍園的身影。

我甩掉鞋底的雪，然後按照一前一後的順序讓滑雪鞋貼合固定器，接著用腳跟踏進雪地。原來如此，要用讓雙腳嵌入的狀態來走路啊。

試著走了幾步路，我心想意外地不太會摔倒，同時對首次體驗的感覺感到困惑。

我想想……總之——

一邊使用滑雪杖，一邊故意將重心傾向左邊，想要略微強硬地開始滑雪。

於是雙腳的滑雪板往前進，身體卻反過來倒下了。

「……你還好嗎？」

在附近看到這一幕的山村低聲向我搭話。

「嗯，我沒事。只是想摔倒一下看看。」

「是哦……」

周圍稍微傳來笑聲，但是用不著放在心上。

先試著跌倒失敗是很重要的。

原本以為龍園已經前往吊椅那邊，但他看到摔倒的我並微微揚起嘴角後，彷彿心滿意足似的邁出步伐。

他說不定很想看我失敗的樣子。

「那邊小心一點！」

被警告的我輕輕低頭道歉，同時遵照講師的指示行動。

然後我們試著實際在原地稍微滑雪，意外地有很多人都摔倒了。

雖然有兩次摔倒不在計畫之中，不過我大致上掌握到訣竅。

接受了大約三十分鐘的講習後——

因為已經結束所有行程，可以自由活動的時間來臨。

「好，走吧。」

3

上完講習的渡邊等人似乎要一起前往斜坡比較平緩的初學者用路線。

「綾小路？你不去嗎？」

拿著滑雪板邁出步伐的渡邊轉過頭來，一臉不可思議地開口問道。

「我想到其他地方滑看看。」

「這樣啊，那麼晚點見啦。」

我目送他們的背影，同時決定自己也要開始移動。

「喂，綾小路。你應該到那邊的初學者路線吧，這邊是高級者的。」

正準備前往那條高級者路線的龍園以不耐煩的模樣伸手指了指。

「不，沒關係。我就是想挑戰一下。」

「啥？這是直到剛才還在學企鵝走路的傢伙該說的台詞嗎？」

「綾小路同學，我覺得你還是別這麼做比較好喔。高難度的未整地斜坡與陡坡占了約七成，我也覺得有點恐怖唷。」

櫛田也這麼勸我。看來他們兩人似乎都已經滑過一次，才這麼警告我。

「說得也是——」

難得他們好意提出警告，我本來打算照做……

然而視線前方看到山村坐立難安地搭上高級者的吊椅，逐漸往上移動。

很難想像她是特意選擇高級者路線。

稍微前面一點的吊椅上可以看見鬼頭的背影，山村可能是因為這樣才會誤搭，周圍的人也沒有阻止吧。

「山村在巴士裡曾經說過自己存在感薄弱，看來不是誇大其辭啊。」

「咦？」

「我是說山村。她大概不知道那是上級路線，才搭上吊椅的。」

我告訴他們山村正坐在逐漸往上升的吊椅上。

「哇……看來趕緊追上去比較好呢。」

我就這樣順勢搭上人生第一次的上山吊椅，跟他們一起前往高級者路線。

吊椅可以同時讓兩人搭乘，因此我跟櫛田一起坐。

不曾停歇的吊椅慢慢開始上升，雙腳離地面越來越遠。

「這個交通工具還真有意思啊。」

「你是第一次搭乘吧？不會怕嗎？」

「不會。因為現在這個高度就算掉下去，也不會受到太大的傷害。」

「咦，是這個問題嗎……？」

「嗯？難道不是因為考慮到掉落時的衝擊和危險性，才會感到害怕嗎？」

「這個嘛，嗯，我想是那樣沒錯啦……」

我說的話似乎讓櫛田覺得哪裡不太對勁，她露出困惑的表情，但我不是很清楚原因。

「好吧，算了。我最近覺得思考關於綾小路同學的事，也只是白費時間。」

櫛田呼一聲吐了口氣，稍微露出原本的面貌。

這也是因為吊椅與吊椅之間的距離比較遠，此外還稍微吹著風，她判斷應該不用擔心坐在前面的龍園和坐在我們後面的人會聽見這些閒聊的內容吧。

「這種說法讓人聽了不太開心啊。」

聽到別人說思考關於自己的事情只是白費時間，沒有人會感到開心。

「這也沒辦法吧。因為實際上就是這麼覺得呀。」

如此說道的櫛田望向遠方的山脈。

「我對察言觀色和猜測對方想法很有自信。面對堀北同學和龍園同學也是一樣。雖然有時會因為他們在其他因素上更勝一籌，結果輸給他們就是了。」

就算能看透對方的想法，也不代表一定能贏過對方嘛。

「至於你也是，以前的我以為自己能看透你。但完全不是那麼回事。還是第一次碰到像你這樣根本猜不透究竟在想什麼的人。」

「我想問一下當作參考，那是怎麼樣的心情？」

「咦？你想問這個？」

櫛田沒有轉頭，就這樣用後腦杓對著我反問。

「還是先別問好了。」

她散發的氛圍強烈述說著有多麼心不甘情不願。

「話說回來——」

猛然轉過頭來的櫛田，表情有如阿修羅……才怪，她的表情就跟平常一樣。

「這件事很重要，所以我想現在先在這邊確認一下，你應該沒有想讓我退學吧？」

「妳問得還真直接啊。」

「既然無法看透你的想法，就只能用我的思考方式去推想了。假如我是你會怎麼想？會怎麼行動？」

「也就是說妳的結論是我的目的可能是讓妳退學嗎？」

櫛田毫不猶豫地點了點頭，然後窺探我的雙眼。

她似乎想讓我動搖，藉此引出真心話。

我刻意在這時移開視線，試著醞釀企圖讓她退學的氣氛。

如果是一般人來看，就像是被說中企圖，因為動搖才移開視線。

因為我很好奇櫛田會怎麼想，感覺很有趣。

「你在開玩笑嗎？」

「對不起……」

櫛田原本隱藏起來的黑暗面冒出頭來，明明依舊面帶笑容，但是我能理解她正凶猛地瞪著這邊看，立刻向她謝罪。

「應該說你一定在耍我吧，這麼做好玩嗎？」

「不，一點都不好玩，抱歉。」

雖然這應該並非櫛田所願，剛才毫無疑問地被她讀心了。

「我無意讓妳退學。」

「……真的？」

「在堀北決定留下妳時，我要讓妳退學的路線就消失了。假如現在也還保有那種想法，早就選擇哄騙堀北那麼做了。」

櫛田的疑慮還是不會消除吧，但這是無庸置疑的事實。

「全場一致特別考試……啊。」

對她本人而言，全場一致特別考試是難以忘懷，飽受屈辱的時間吧。

只不過大前提是櫛田今後不會重蹈覆轍，然而這種事根本用不著特地在這邊說出來吧。

話說到底，既然所有班上同學都已知情，這麼做並不實際。

「就算無法消除所有人，我也有可能拋棄這個班級吧？像是利用轉班券，或是存個人點數。也能夠用這些方法脫離這個班級。你能對這種危險要素睜一隻眼閉一隻眼嗎？」

能夠自己回答自己是危險要素，也是櫛田有趣的地方。

「那樣還在單純的個人戰略範疇裡，根本不算什麼背叛。實際上就像校方準備了這個制度一樣，移動到能獲勝的班級並不是壞事。如果覺得自己班沒有勝算，反倒應該找機會轉班。」

誰有權利要求別人繼續待在逐漸下沉的船上呢？

「果然看不透你這個人呢。也根本不曉得這些話是否出自真心。」

「我可能不太會表現在臉上吧。」

「不是那種程度的問題耶……」

感到傻眼的櫛田看向就快抵達的終點。

「這是為什麼呢？明明自己很想隱瞞到最後的祕密被揭發了，明明非常懊惱和難受，覺得一切都已經無所謂……我卻來參加教育旅行，在這邊滑雪，享受這樣的時光。而且甚至覺得這樣並不壞。」

「教育旅行對許多學生而言，都是很快樂的活動吧。」

「對許多人而言是那樣呢。但至今為止無論是怎樣的活動，我都只覺得是苦行而已。」

一直偽裝自己所耗費的勞力。

也就是說在這種活動當中，正需要那樣的偽裝啊。

「我說呀……可以問一下關於八神學弟與天澤學妹的事嗎？」

「妳是說那兩個一年級生啊。我跟天澤還有一點瓜葛，不過關於八神就幾乎一無所知。」

我姑且像這樣先打預防針，然而櫛田或許只是想把一直隱藏在內心的疑問一吐為快。

「如果你不知道，我也覺得無可奈何。」

「那就好。所以呢？那兩人怎麼了嗎？」

「你應該知道八神學弟退學了吧？」

「聽說他在無人島考試中使用暴力一事曝光了。甚至還有傳聞說他毆打教師，也難怪會退學吧……他是妳的學弟吧？你們感情好像不錯，應該很震驚吧？」

八神是White Room學生。也就是說他跟櫛田過去沒有任何交集。

八神是以月城那邊給他的情報為基礎，假裝成櫛田的學弟，櫛田也在考慮到對方知道自己過去的風險後，讓八神假裝是自己的學弟吧。然而身為局外人的我無從推理出這些事情，因此只能這麼回答。

「不對。八神學……那傢伙知道我的過去。跟我同一所國中的只有堀北兄妹而已。」

「那麼妳怎麼能肯定他知道妳的過去？」

「因為他直接跟我說了。所以當然會懷疑堀北同學和你。雖然龍園同學也知道我的本性，但是不曉得我的過去，可以排除在外。」

的確，本性與過去是完全不同的東西。

「可是如果是堀北同學洩漏的，事情就說不通了吧？把我的過去告訴八神學弟對她沒有好處。既然這樣，用消去法推論只剩下你有嫌疑。這件事一直讓我覺得很不對勁。」

「原來如此啊。」

的確，我是知道櫛田過去的少數學生之一。

她必然會在全場一致特別考試時對我露出敵意，或許這樣的嫌疑也是她敵視我的原因之一。

而且天澤顯然也跟櫛田有過瓜葛，與那個天澤有關係的我自然更加可疑。

即使在這時隨口否認，「那麼到底是誰告訴八神的？」這個疑問還是會一直盤旋在櫛田腦中吧。能否消除她的疑慮就是另一回事了。

「不管是不是你都沒差，我想知道真相。」

「即使我跟八神他們有關係，妳也會原諒我嗎？」

「咦？我怎麼可能原諒你嘛。只不過……就算那樣，也不會想對你做什麼就是了。反倒會重新認識到自己贏不了你。」

櫛田表示她只會把現在安分收起來的獠牙藏到更深處而已。

「不，不對呢。除了你之外，我想不到其他人了，但總覺得應該不是你。那傢伙一直想讓你退學。那不是假裝的，而是出自真心。這樣會產生矛盾吧？」

我跟八神那邊串通並洩漏情報給他們的意義本身也會產生疑問嘛。

特地用那種方式把櫛田逼入絕境，只是讓自己更費力。

讓櫛田抱持這個疑問度過校園生活，或許有些殘酷。

話雖如此，也不能具體告訴她關於White Room的事。

「我跟八神以前……雖然學校不同，但是彼此認識。因為住在附近。」

「咦……？」

「還有天澤也是一樣。我好像讓那兩人產生了誤會，他們一直怨恨我。即使成功地解開天澤那邊的誤會，八神這邊卻沒有這麼簡單。我一直用無視來對應，沒想到他居然在我不知情時跟妳接觸。」

「等一下？就算是這樣也很奇怪呀。他不可能知道關於我的事吧？」

「縱然不知道他是怎麼調查出來的，應該是知道我的同班同學裡有妳這個人，然後調查了關於妳的事吧？他大概一直在找機會向我報仇。也就是說，妳純粹只是被牽連而已。」

我輕輕低下頭，向櫛田謝罪。

「即使之前並不知情，但是害妳遭到波及，真的很抱歉。」

「……綾小路同學。」

雖然不至於因此頓時豁然開朗，揭露了我跟那兩人過去曾有關聯的事情後，櫛田內心的幾個疑問應該能得到答案吧。

「該不會八神學弟會退學……是你做的好事吧？」

「倘若放著他不管，很有可能再次危害到選擇協助班上的妳。天澤會跟妳接觸，也是因為她知道八神會對妳做些什麼吧。」

這邊就據實以告，老實地回答吧。

南雲、龍園，還有堀北。有好幾個人知道或懷疑我有干預。否認的事實若在之後曝光，事情會變得更加麻煩。

「即便我讓天澤留在學校，就如同剛才所說，已經解開與她的誤會。今後應該不會妨礙妳才對。她的言行可能多少還留著一些問題就是了。」

打造一個櫛田能夠在接下來的校園生活將自己的實力發揮到最大限度的環境。

這次意外的交談說不定成功創造了那樣的環境。

「我——」

這時吹起一陣強風，櫛田輕輕戴在頭上的白色針織帽眼看就要被吹走。

為了防止那樣的意外，我伸手用手心按住帽子。

櫛田的手也在同時重疊到我手上。

「抱歉，謝——」

就算我沒有幫忙，帽子也很有可能不會被吹走，櫛田仍然一邊道謝，一邊將臉轉向這邊。隨後她忽然停下動作，一直注視著我的雙眼不放。

「怎麼了？」

「……沒有，沒什麼。」

不曉得她面無表情的那張臉究竟在想什麼，過不了多久便移開視線。

然後因為吊椅抵達目的地，我們開始準備下去。

「你行嗎？」

「我想應該可以。」

雖然我這麼回答，不過櫛田像是要示範一般先一步下了吊椅，因此我也有樣學樣地跟在她後面下去。我們結束漫長的吊椅之旅，抵達高級者路線。

人數確實比下面來得少，但也夠多了吧。

「這還真是驚人啊。」

「斜坡比想像中還陡峭對吧？」

正如櫛田說的一樣，斜坡看起來比從底下仰望時的景象還要險峻。

「你真的沒問題嗎？」

「哎，總會有辦法吧。」

「有什麼萬一時，或許可以先拆下滑雪板，沿著旁邊走下去。這樣可能不太好看就是了。」

「我知道了。但是現在更重要的是山村。」

因為滑雪場還有一般遊客混在學生裡，要找人很不容易。

「本來以為她會發現自己沒辦法滑這條路線，待在吊椅旁邊的……」

我跟櫛田一起環顧周圍。

然而無法立刻找到山村的身影。

「她該不會已經滑下去了……？應該不會有這種事吧……？」

儘管有很多人沿著斜坡往下滑，但是沒有看起來明顯是初學者的滑雪者。另一方面，龍園周圍聚集了好幾名男女。

「那是龍園同學班上學生吧？他其實深受愛戴嗎？」

「看起來好像不是很開心地在說話就是了。」

「的確。」

聚集起來的學生們用異常認真的表情向龍園傳達什麼。

位於人群中心的龍園沒有看向哪個特定的學生，平淡地聽著他們說話的樣子。

他們特地聚集在人比較少的高級者路線，究竟在打什麼算盤？

如果是聯絡同班同學，只要晚點再用手機聯絡就行。

既然如此……怎麼想他們都是刻意聚集起來的。

「他們該不會是在報告什麼吧？」

「好像是那樣。」

聚集起來的成員也是金田、石崎和近藤這些經常收到龍園指示的人。

「綾小路同學，找到嘍，是山村同學。」

聽到櫛田這麼說，發現山村的確就在她的視線前方。

她沒有開始滑雪，而是目不轉睛地注視著準備解散的龍園班學生。

「山村同——」

我用手指與視線暗示打算大聲呼喚的櫛田保持安靜。

「咦？怎麼了嗎？」

「先等一下。」

山村的行動讓人覺得有點難以理解。她明知道自己搞錯了，卻還是早早前來高級者路線，還有屏住氣息消除自己的存在感，一直逗留在這裡的意義。

「山村是個怎麼樣的學生？」

「怎樣的學生？我也不是很清楚呢。」

「在學校交友最廣闊的妳，竟然也有不清楚的學生啊。」

「這是當然的呀。如果是會主動跟我聊天的同學，還能掌握關於她們的情報，但是山村同學不是那樣。她從來沒有主動向我搭話，就算跟她打招呼也只是簡短回應，或是默默地點個頭就此結束。這樣根本無法了解對方吧？」

假如對方自己緊閉心房，就算是櫛田的確也無可奈何吧。

「她在A班跟誰比較要好？」

「這點我也不清楚呢。因為完全沒有印象看過她跟誰在聊天。她的存在感很薄弱對吧？」

雖然小組才剛組成沒多久，她給人的印象的確很薄弱。

就山村個人的ＯＡＡ來看，可以知道她的身體能力很差，不過學力很高。

過沒多久，聚集在龍園身邊的學生們分散開來，回到自己的小組。

與此同時，山村也收回一直盯著龍園那邊的視線，緩緩開始移動。

為了避免跟丟山村，我們兩人用視線追逐她，於是……

「啊，跌倒了。」

似乎被雪絆到腳，山村在原地跌倒。

即使周圍好像有人，似乎沒有任何人注意到她，沒有人表現出幫忙或擔心的樣子。

「存在感薄弱也很辛苦呢。」

「那麼為什麼要看我？」

「因為你是存在感薄弱的代表吧？或許該加個『前任』就是了。」

令人難過的是我無法否認。

不管怎麼努力，這方面的問題都沒辦法輕易改善。

「話說回來，山村的行動在妳看來是怎麼回事？」

「你逃避了那個話題呢。」

「我沒有逃避。」

我這麼否認，櫛田則感到滑稽似的笑了。

「山村同學的行動……感覺像是收到某人指示監視龍園同學的動向？」

「這是最有可能的吧。雖然那個某人大概只可能是一個人。」

「應該就是坂柳同學。可是印象中她跟山村同學沒什麼交集。」

「所以才會找上她吧？沒有人注意到她們的關係。如果不是跟山村分到同一個小組，我說不定也不會留意這件事。」

我會察覺到的契機是因為同樣是初學者，好奇她會怎麼做。假如我是中級者以上，現在也不會在意她，早就開始滑雪了吧。

「如果可以，確認一下她們是否有關聯比較好呢。」

「畢竟有可能在之後與坂柳對戰時成為關鍵嘛。認清誰對坂柳而言是重要的手下，這個工作無法避免。」

「原來如此呀。」

「山村開始行動了。」

我們守望著山村的去向。

她拆下滑雪板，從滑雪道邊緣沿著陡坡戰戰兢兢往下走。

「我去幫她一下，說不定還能拉近距離。」

櫛田決定自己該做的事，滑雪前進。

「動作真快啊。」

她的頭腦也十分靈光，輕鬆讀懂這邊的意圖。

而且如果是櫛田，她具備強力的對話技巧，能跟大部分的人變得親近。

既然那是在自己班上存活下來的方法，她也不會敷衍了事吧。

那麼——我就一個人體驗一下高級者路線吧。

4

在滑雪場的活動時間結束後，我們在下午五點前抵達旅館。

為了前往分配到的房間，從第一小組依序前往大廳。

很快就輪到我們第六小組，我立刻跟著前進。

外觀是會讓人感覺到歷史的造型，但大廳等處的內部裝潢都有細心整理，感覺十分乾淨。

我們換上旅館的拖鞋，把裝有衣物等東西的行李放在腳邊，等待領取鑰匙。

「雖然早就知道了，果然是要跟這些小組成員一起過夜啊。」

在大廳接過鑰匙的渡邊有點憂鬱地嘆了口氣。

從今天開始要一同行動的小組會住在同一個房間，這是無法變更的。

也就是說能否打造出舒適的空間，端看自己的表現。

「喂，渡邊。」

聽到有人呼喚自己的名字，渡邊回頭一看，只見一個波士頓包逼近眼前。

「唔哇啊！」

雙手接住包包的渡邊無法理解情況，仍舊一臉驚訝的樣子。

「幫忙拿到房間，我要去洗澡。」

龍園把自己的行李扔出去，似乎打算讓渡邊幫忙搬。

不敢拒絕的渡邊露出苦笑時，龍園消失在旅館內的深處，大概是有大浴場的方向。

「唔唔……總覺得沒辦法跟他打成一片。」

「我幫你拿。」

「不，不用啦。畢竟他拜託的人是我嘛。」

與其說是拜託，不如說是推給感覺最容易使喚的人。

「給我。我來把它送回那傢伙身邊，不對，是送回地獄。」

看到龍園蠻橫的態度，鬼頭試圖搶走渡邊抱著的波士頓包。

我用手擋住鬼頭，阻止他這麼做。

「不要輕舉妄動比較好，之後最傷腦筋的會是被託付行李的渡邊。」

「那麼，你打算讓那個男人恣意妄為嗎？要是在這裡退讓，下次也會發生類似的事情。他要把自己班上同學當成奴隸是他家的事，但渡邊是一之瀨班的學生。」

鬼頭說得很正確。

不過，就算是這樣，也不該針對這個行李做什麼。

「應該直接跟他說，不要扯到這個波士頓包。」

「倘若說了他也不聽，那要怎麼辦？你打算這趟旅行一直強迫渡邊受苦受難嗎？」

「啊，沒事，我並沒有覺得是在受苦……」

「如果下次龍園又想任意使喚渡邊，我會出面阻止。」

「你嗎？」

「假如那樣他還是不聽，我會負起責任，承擔一切。」

「這樣是治標不治本。」

「那倒也未必。若是被拜託的對象不願意，那就是強迫，也是強制。相反地只要我認為被拜託也不以為苦，反倒對小組有幫助就行。這樣問題就消失了，沒錯吧？」

鬼頭認為自己的事情應該自己處理。

他大概無法接受我的說法吧，然而即使如此，應該也能理解才對。

「……隨你高興吧。」

鬼頭瞪著我看了一陣子，最終似乎還是讓步，不再插手。

「抱歉啊，綾小路，好像是我害的。」

「這不是渡邊的錯。為了解決這個小組裡的問題，理所當然要攜手合作。」

就在我看到渡邊鬆口氣的表情時，旅館發了兩把房間的鑰匙給我們。

幾乎就在同時，櫛田等四個女生也領到鑰匙，前來我們這邊。

「我說呀，我們應該先討論一下從明天開始的小組行動。畢竟是難得的北海道旅行，大家應該有很多想去的地方吧。」

儘管事先擬定好計畫很重要，但因為我們這一組的成員常常各自為政，直到此時此刻都還沒能好好討論關於自由活動的事情。

「所以晚上我們女生打算到男生的房間打擾一下……怎麼樣呢？」

「喔、喔喔，很好啊？」

聽到女生要過來玩，渡邊很開心地垂下眼尾。

在一旁聽著的鬼頭仍然一言不發，沒有什麼反應。

「……呃……啊，綾小路也同意吧？」

「那樣就行了吧。」

我也不能無視一臉為難的渡邊，於是櫛田露出笑容雙手合十。

「就這麼決定嘍。那麼晚點再見，我會跟網倉同學她們也先說一聲。確定詳細時間後，會再跟綾小路同學或渡邊同學聯絡。」

接下來女生們也會去泡溫泉或吃晚餐，盡情享受旅館的設備吧。

「我們也到自己的房間吧。」

「是啊。」

男生住的客房好像是在稱為東館的區域。

另一方面，女生則是住在本館。因為有大廳連接，所以往返不會多遠或多困難，不過還是確實把男女隔開了吧。

「哎呀，小櫛田會不會太善良啦？而且又很可愛。」

我也切身體會到櫛田具備吸引男生的魅力。

因為表面上的來往被她吸引也很正常。

假如像渡邊這樣的學生得知櫛田的本性，不曉得會有什麼結果。

「雖然早就知道會這樣，一想到這組要是沒有小櫛田，就覺得毛骨悚然啊。」

的確，櫛田很巧妙地在誘導成員，讓小組動起來。如果沒有人率先引導大家聚集起來決定自由活動的行程，只會一直拖延下去。

對於櫛田為了避免那種狀況發生而主動帶領大家行動，我的內心只有感謝啊。

然而不曉得這樣是否能解決所有問題。

果然最大的問題在於龍園與鬼頭吧。

自從我們組成第六小組開始移動後，他們兩人經常對彼此散發殺氣。

他們一直在互相牽制、試探彼此，因此隨時處於一觸即發的狀態。

我一邊讓拖鞋發出啪噠啪噠的聲響，一邊沿著走廊前進，抵達二〇三號房。

我將鑰匙插入鑰匙孔，打開通往室內的房門。

裡面相當寬敞，是大約十二張榻榻米大的和室，然後有一張桌子與四個和室椅。

不僅如此，窗邊還擺放著小茶几與兩張單人沙發。

我在電視上看過好幾次類似的光景，這無疑是正統的旅館裝潢。

將行李放到和室後，立刻打開冰箱看看。

裡面除了免費的水以外，還備有一些無酒精飲料。

只不過飲料的價格比市價貴很多，找不到喝這些飲料的理由。

大廳好像也有自動販賣機，若有需要去大廳購買就好了吧。

鬼頭進入房間後便一言不發坐在角落，然後閉上眼睛。

而且不知為何擺出打坐的姿勢。

總之先不管那樣的鬼頭，我打開上面寫著導覽，有點厚的檔案夾。

裡面彙整了常用資訊，從旅館內部地圖到旅館提供的網路名稱與密碼，還有當日往返泡澡的說明以及周遭的觀光勝地。

在跟櫛田等女生一起討論時，說不定有機會用到這些資料吧。

稍微瀏覽過後，也確認一下廁所等設備長什麼樣子。

也知道了房間裡面似乎沒有獨立浴室，要洗澡必須到大浴場解決。這一點也沒什麼問題吧。

就我個人來說，比起在小浴缸裡泡澡，也更想趁這個難得的機會盡情多享受幾次大浴場。

「接下來……」

晚餐是從七點開始，時間還很充分。

果然應該先去大浴場嗎？大概已經有很多人湧入大浴場。

「我去洗個澡。」

「啊，等、等一下，我也要去！」

原本坐在和室椅上的渡邊用差點跌倒的氣勢猛然站起來。

「鬼頭呢？」

「我還不用。」

「這樣啊。那我留一把鑰匙在這裡。如果有碰到龍園，也會先跟他說一聲。」

要是龍園回房間時所有人都不在，他就進不了房間。

那樣也很麻煩，得避免那種情況才行。

我們離開房間來到走廊上，一關上房門，渡邊就小聲低喃：

「真傷腦筋啊。接下來要跟鬼頭與龍園睡在同一個房間吧？能活到早上嗎？」

「這麼說太誇張啦。」

「哎，可是要住四晚耶，四個晚上。就算這個期間出了什麼差錯也不奇怪。」

假如真是那樣，可以確定將會是驚天動地的差錯。

只不過先不提龍園他們怎麼樣，我實在不習慣跟別人一起睡。

雖然在去年的合宿還有與惠的生活中，和別人一同就寢的情況逐漸變多，不曉得是否有一天能很自然地接受這件事呢？

因為從小就是理所當然一個人睡，環境變化帶來的困惑還無法消除。

「該怎麼說，綾小路很好聊呢。」

「是嗎？……我自己感覺不太出來就是了。」

他這麼說讓我很高興，但也不禁覺得自己只是被拿去跟那兩人比較而已。

「哎呀，應該說可以理解為什麼一之瀨會喜歡你嗎——」

「咦？」

「啊，沒事！……忘了我剛才說的話吧！」

渡邊察覺自己明顯的失言，儘管他立刻訂正，我已經清楚地聽見了。

不過就算聽見，也不會有什麼改變……

「看你這個樣子，其實知道嗎？」

我沒有回答，於是渡邊露出稍微鬆了口氣的模樣。

「……我是聽到女生在聊這些話題啦。大部分男生應該都還不知道這件事，依舊喜歡一之瀨。可是你跟同班的輕井澤在交往對吧？」

因為那是不用否認的事實，我點頭回應。

「喜歡一之瀨的男生心情應該很複雜吧。不，反倒覺得高興的人說不定比較多。」

「渡邊呢？」

「我？我啊……哎，這是祕密。」

從他冷靜的樣子來看，似乎沒有對一之瀨抱持特別的感情。

即便不曉得是誰，他似乎暗戀著其他女生。

「這趟教育旅行可以說是一大活動對吧？我想應該不只一、兩個人會趁這個機會跟喜歡的人告白吧。」

「是這樣嗎？」

的確，須藤也是下定決心，要在教育旅行途中向堀北告白。

那並非很罕見的事情，以學生的立場來看是很重要的活動嗎？

「我啊……要是能再鼓起一點勇氣，也會考慮告白就是了。」

他似乎想像了各種可能性，還是一臉焦慮似的左右搖頭。

「總之，現在的我太不了解女生這種生物。打算先從提升小組女生們的好感度開始練習。如果能成為可以讓人留下印象的人，也能為正式告白累積一些經驗嘛。」

雖然跟渡邊接觸的時間還不到半天，但我對他沒有任何壞印象。

可以肯定他基本上是個好人。即便有點容易被牽著走，而且是無法拒絕別人請求的那種人，並具備跟男女雙方都能在一定程度上進行交流的能力。在ＯＡＡ上的學力與身體能力都是Ｃ＋，比平均略高一點。除此之外的項目也一樣有Ｃ以上。換言之，他沒有像是缺點的缺點。即使要看對象是誰，但在分析之後，他如果告白很有可能成功……

不過戀愛牽扯到的要素太多，純粹只看外表和能力無法確定告白是否成功。

因為至今在雙方之間建立起來的關係會造成很大的影響，只有半天的交情，無法看透他的告

白能否成功吧。

5

下午八點三十七分。有許多用完晚餐的學生前往旅館的樂趣，也就是大浴場。對堀北鈴音來說也不例外，這是她期盼已久的事情之一。

雖然堀北比起周圍的學生們更早用完晚餐，卻發現已經有三名學生在更衣室脫衣服，不禁大吃一驚。其中也包含因為不想被人看見裸體，打算迅速解決晚餐的女生。

另一方面，對堀北而言，被同性看到裸體這件事並不會讓她感到厭惡或羞恥。原本在小學和國中時期就存在感薄弱，不引人注目，再加上處於沒有朋友的環境，沒有人會在乎她的樣子這件事也造成了影響。

儘管如此，她還是像在遵守某種禮儀一般，攤開洗臉巾若無其事地遮住前面，同時打開通往大浴場的拉門。

一股悶熱的熱氣竄了出來，比想像中大上一輪的大浴場映入眼簾。屋內有兩個大型的室內浴池。至於屋外的露天浴池雖然只有一個，但隔著窗戶可以看到是相當大的岩石浴池。

堀北用熱水稍微沖洗身體後，立刻前往岩石浴池。

於是她在岩石浴池遇見兩名出乎意料更早過來的客人。

其中一人是同班同學，櫛田桔梗。

「啊，堀北同學。」

立刻注意到來訪者的櫛田表示歡迎似的輕輕揮手打招呼。

當然，堀北很清楚那並非櫛田的真心話。

這是因為A班的學生六角百惠也在場的關係。

櫛田不會在其他班級的學生面前表露真正的想法。

堀北用視線簡單回應後，並沒有到櫛田身邊會合，而是進入浴池並移動到邊緣。

因為她想占領一個不會有任何人向自己搭話，也不會妨礙到別人的地方。漫不經心地聽著櫛田與六角無關緊要的對話，沒有跟任何人聊天，只是盡情享受溫泉，就這樣過了五、十分鐘。

於是六角在不知不覺間不見人影，現場只剩下櫛田。

她的臉上絲毫不見直到剛才還掛著的笑容。

「妳怎麼沒跟六角同學一起出去？不是聊得很熱絡嗎？」

「咦？沒什麼特別的理由呀？再說我很喜歡泡溫泉。該不會以為我想找妳搭話吧？」

「我並沒有那麼想唷。」

「是嗎？難道不是因為妳很在意，才會這樣問我的嗎？」

「妳還真愛跟我爭辯呢。」

看到櫛田突然表現出好戰的態度，堀北有些後悔地嘆了口氣。

「妳的交友圈真的很廣闊呢。哪像我甚至沒跟六角同學說過話。」

為了轉移矛頭，堀北拋出剛才離開露天浴池的六角作為話題。

「是那傢伙哭著求我陪她一起來的。說是覺得很難為情什麼的。這也難怪啦，畢竟她瘦得像皮包骨嘛。」

即使知道沒有人提問，櫛田還是非常辛辣地這麼批評。

「堀北同學——哎，果然維持得很好嗎？雖然以我的立場來說很沒意思就是了。」

櫛田彷彿是在品頭論足似的觀察一陣子之後，稍微拉近與堀北的距離。

「怎麼了？妳想要我做什麼嗎？」

「什麼都沒有。只不過要是不自然地空出一段距離，不也很奇怪嗎？我跟妳是同班同學。如果是原本的我，沒有靠近一點聊天的話很奇怪吧。」

假如是六角在場的狀態，兩人就算有點距離，也不會有太強烈的突兀感。但在這麼寬敞的露天浴池裡露骨地保持距離，新來的訪客可能會感到疑問。

「唯一可以清楚了解的是妳要操心的事情難以估算呢。」

「如果妳願意離開這裡，改去室內浴池泡澡是最好啦。」

「容我拒絕。」

「就算拜託妳退學也不肯答應，妳這個人其實挺嚴格的呢。」

看到櫛田至今仍會若無其事地說出退學這個兩個字，堀北又嘆了一口氣。

見到她這副模樣，櫛田露出微笑。

「妳笑得還真有氣質呢。」

「這是當然的吧。畢竟從室內浴池那邊也看得見這裡，我可不能輕舉妄動。」

除了聲音之外，她也隨時計算到視覺。如果是毫不知情的學生從室內看過來，看起來只像是同班同學感情融洽地在談天說笑吧。

不只是距離感，她隨時毫不鬆懈地注意周圍，不留一絲破綻。

「既然妳這麼會演，難道不應該在度過校園生活時避免被綾小路同學發現真面目嗎？」

「因為剛入學那時我的壓力不是普通的大嘛，不可能料到妳也在吧？」

「那應該是出乎妳的意料之外啦……」

原本以為已經跟國中時期的人完全切割乾淨，從那種安心感轉變成失望的落差難以估算。

「建立新的人際關係，還有只能待在校區的生活。總得找個方法發洩壓力才行吧？」

結果就是被綾小路看到發洩壓力的場面，成為悲劇的開端。

「要繼續討厭我是妳的自由。如果這樣能讓妳對班上有所貢獻，我沒有怨言。畢竟妳在文化祭的活躍也讓人十分驚嘆。」

「哎，我就是能夠輕鬆辦到那點小事，畢竟這是保護自己的武——」

就在這時，櫛田的視線看向連接露天浴池的拉門，停止說話。

隨後拉門喀啦一聲打開，把洗臉巾掛在肩膀上的伊吹從門後現身。

警戒著訪客的櫛田瞬間放鬆。

因為伊吹已經跟堀北一樣非常清楚櫛田的本性。

「堀北！」

伊吹似乎一直在尋找堀北，一看到她便這麼大喊。

「……這次輪到妳嗎？」

一絲不掛的伊吹就那樣光明正大地走近，然後跳進露天浴池。

濺起一大片水花，熱水也灑到堀北與櫛田身上。

「妳這樣很沒禮貌唷。」

「我才不管那麼多。先別提那些了，跟我一決勝負吧，一決勝負！」

「在這種地方一決勝負？妳是打算提議玩猜拳嗎？」

「啥？既然有這麼寬敞的浴池，要做的事情當然只有一件吧。我們來比誰能比較快從這一頭游到另一頭！」

「在浴池游泳可以說是比跳進浴池更沒禮貌的事呢。」

「沒什麼關係吧。反正又沒有其他客人，而且也沒人看到啦。」

「一決勝負很好呀。我會公平地旁觀，妳們就比吧？」

「怎麼連妳都這麼說呀。追根究柢，表面上的妳應該要負責阻止這種事吧？」

「我會當作是堀北同學與伊吹同學不聽制止擅自開始比賽，所以沒問題。只要擺出為難的表情和不知所措的態度，就算被人看到也不要緊。」

「櫛田也說好耶，那麼就來一決勝負！」

「我才不奉陪。」

「啥？難得以為可以一決勝負才過來的。浪費我的時間。」

如此說道的伊吹乾脆地離開浴池。

「妳真的只是為了這樣才到這裡來的？不泡一下露天浴池嗎？」

「我才不想跟妳和平地一起泡澡。不管是外面還是裡面的浴池，都是同一個溫泉吧。」

伊吹表示既然無法一決勝負，她也不打算泡太久，很快便離開了。

「伊吹同學真是個笨蛋呢～」

拉門被用力關上後，櫛田感到滑稽似的笑了。

「她很執著於跟我一決勝負到了異常的地步。妳也差不多就是了。」

到目前為止，櫛田好幾次要求與堀北對戰。

聽到堀北回應自己跟伊吹差不多，櫛田呵呵地笑道：

「別把我跟那種人相提並論。」

雖然她說的話跟表情完全不一致，但堀北加以無視。

儘管期待有新的訪客到來，就可以不用再繼續這樣的對話，不過一方面也因為還是用餐時間，之後一直沒有其他學生現身。

「話說回來，堀北同學的運氣真好呢。」

「運氣？這究竟是在說什麼呢？」

「我是說剛入學沒多久，綾小路同學就坐在妳隔壁這件事。多虧了這樣，妳才能跟他拉近距離，而且私下受到他不少幫助吧？」

到目前為止實際上是怎麼一回事，櫛田並不知道詳情。

但她唯一知道的是綾小路以某些形式干預了關鍵的部分。

「假如沒有綾小路同學，說不定堀北同學已經被我害到退學了。」

能夠抵達這裡並非自己的實力。

倘若當時聽到有人這麼說，堀北會立刻反駁吧。不過現在的她能夠冷靜地看待事情，能夠回顧過去。

「我無法澈底否認呢。但是，那不只是對我而言的幸運，對妳而言應該也是幸運的事。倘若沒有綾小路同學，就沒有現在暴露出一切的妳。那樣妳又得一直扮演好人，然後重蹈覆轍。」

當然了，堀北並不知道結果會是如何。

櫛田也很有可能一直偽裝自己度過這三年的校園生活吧。

但是她能否永遠持續下去是另一回事。

畢竟櫛田確實每天都會感受到不曾間斷的痛苦。

她現在是透過視情況運用表面與本性來分散壓力。

「……或許吧。」

看不順眼的對象說出來的事實。一般來說承認對方說的話就只是種屈辱，然而櫛田認為其中也有不得不承認的部分，點頭表示同意。

那是因為在全場一致特別考試中被逼到死亡深淵，然後生還才能獲得的經驗。

自己的想法與價值觀有生以來第一次產生了變化。

「這麼一想，妳的運氣應該比我更好吧？」

「聽到堀北同學回答得這麼漂亮，真的很讓人不爽呢。」

這時兩人突然都不說話。

原本只會是平行線的兩人，實在找不到長時間一起泡澡的理由。

那麼為什麼會一直留在這裡呢？雙方都沒有明確的答案，但原因在於周圍飄散著先離開就意味敗北的氛圍。

「……打擾了～」

在伊吹離開後過了幾分鐘，兩人獨處的時間宣告結束。

一之瀨帆波有些客氣地在露天浴池現身。

「一之瀨同學是一個人嗎？感覺真稀奇呢。」

「啊哈哈……該怎麼說呢，沒什麼特別的原因。」

櫛田很清楚享用晚餐時有很多人向一之瀨搭話。

從這件事也能得知她是想一個人獨處，才會在這裡現身。

「無論是誰，都會有想一個人獨處的時候吧。如果會打擾到妳，我就先走了。」

對於身體開始發燙的堀北來說，她判斷現在正是離開的時候。

打算以交棒給一之瀨的形式，自然地離開現場。

因為她推測之後櫛田跟一之瀨應該會聊些無關緊要的話題，結束這次泡澡吧。

「啊，不會的！我完全沒有那個意思！別放在心上！」

一之瀨連忙阻止試圖站起身的堀北。

然後櫛田像要補充說明似的朝堀北露出笑容。

「堀北同學，已經要離開了嗎？一之瀨同學都這麼說了，我們一起聊天吧？」

「這是什麼意思？」

「因為我覺得還沒有聊夠呢，妳不願意嗎？」

櫛田以彷彿在說真心話的模樣說著違心之論。一之瀨也露出有些不安的表情，擔心是因為自己來到這裡，才會害得堀北決定提早離開。

「我本來判斷已經聊夠了……好吧，就再奉陪一下。」

為了吹一下晚風讓發燙的身體冷卻下來，堀北於是起身坐在岩石上。

雖然開始下雪的浴池外面有些寒冷，這樣反而讓人感覺很舒適。

「我呀，有些事想問一之瀨同學，不知道可以嗎？」

「嗯？是什麼事呢？儘管問吧。」

「一之瀨同學有跟誰在交往嗎？」

「嗯嗯？咦，什麼？」

忽然冒出意料之外的提問，一之瀨慌張不已。

「最近各班男生都在問我一之瀨同學是不是單身呢。」

雖然如此詢問的櫛田露出一副什麼都不知情的模樣，然而真相並非如此。

事實上她很清楚一之瀨目前是單身，還有對綾小路抱持好感。

很早之前就收集到這些情報。

儘管比一之瀨班的任何人更消息靈通，但她不露聲色。

「沒沒沒、沒對象啦，沒對象啦！」

「這樣呀。那麼妳有喜歡的人嗎？」

櫛田會像這樣裝出一無所知的模樣提起這個話題，是因為她想更進一步解析關於綾小路的事。為了探聽一之瀨為何會對他抱持好感的理由。

一方面也是考慮到這些情報哪天有可能會成為自己的新武器。

「沒、沒有啦。我真的沒有那種對象。」

但是一之瀨沒有承認，並在否認之後將臉沉入浴池裡。

這個行動是為了掩飾因為害羞與尷尬而漲紅的臉。

櫛田原本是推測一之瀨如果在這時承認，就能跟她聊聊關於輕井澤的事，還有更深入的話題，然而事情並沒有這麼簡單。於是決定暫且把話題轉移到刻意要對方留下來的堀北身上。

「堀北同學呢？有沒有什麼這方面的戀愛話題？」

「沒有。」

堀北不用一秒就這麼回答。關於戀愛的事情，她幾乎可以說是不曾感興趣。

「這樣呀。堀北同學好像也很受歡迎就是了。像是須藤同學，感覺妳跟他很親近呢。」

「我不懂這些耶。那麼妳又是如何呢？好像跟其他班的男生也很親近，一之瀨同學應該也很好奇吧。」

對於這個麻煩的問題，堀北原封不動地把問題拋回給櫛田。

其中也包含希望她們趕快把話題從自己身上移開，兩個人自己聊個夠的企圖。

「是呀，的確。也有很多男生會問我關於櫛田同學的事情呢。」

櫛田在內心對著堀北咂嘴，同時朝一之瀨露出害羞的笑容。

「咦咦咦？是這樣嗎？我也不太懂戀愛這回事……只不過，總覺得在學生時期談戀愛有點浪費呢。」

反正都要聊些廢話，櫛田決定轉換方針，提前在這邊播種。

「浪費？」

「嗯。因為我聽說學生的戀愛幾乎都不會有結果。大概只有百分之十到三十左右？一想到修成正果的機率連一半都不到，就很難下定決心……所以會提醒自己現在不要談戀愛。」

一之瀨的交友圈也跟櫛田同等甚至更加廣泛，櫛田是打算透過告訴一之瀨這件事，讓她事先打退一些抱持失敗的覺悟前來告白的男生。

自從入學之後，不分年級，櫛田私下被告白的次數已經超過十次。

「雖然很高興有人願意喜歡我……同時也很害怕傷害到他們。」

「原來是這樣呀……我可能多少可以理解……」

櫛田認為沒有比學生時期的戀愛更白費工夫的事。堀北一邊漫不經心地聽著兩人的戀愛話題，一邊心想這次正是離開的時候並準備起身。

「我差不多該走了。」

「咦？妳要走了嗎？」

「因為我不懂戀愛這回事嘛。」

「這樣呀。這也沒辦法呢。可是，妳想離開這裡應該是因為其他理由吧？」

「我不懂妳在說什麼呢。」

「別在意。如果妳熱到受不了了，那也沒辦法。我還很想跟堀北同學多聊一會兒就是了。」

「妳……認真的嗎？」

「當然嘍。一之瀨同學應該也是這麼想的吧？」

「嗯。如果方便，我也想跟堀北同學再多聊一會兒。」

櫛田以像是在挑釁的說法與誘導，讓原本準備站起來的堀北又坐回去。

「既然這樣——就那麼辦吧。」

身為班級領袖，堀北刪除逃避櫛田邀約的選項。

「妳真的不要緊嗎？要是熱到暈倒就麻煩嘍。」

「謝謝妳的擔心。但是我也很擔心唷，櫛田同學。因為妳的臉好像也很紅嘛。」

「說不定是因為剛剛在聊戀愛話題的關係。」

「只是這樣嗎？希望妳沒有在勉強自己。」

堀北銳利的視線與面帶笑容的櫛田視線激烈互相交錯碰撞。

「妳們兩人好像跟平常不太一樣？」

一之瀨感覺到不對勁，疑惑地微微偏頭。

看到疑惑的一之瀨，櫛田將略微殘留的對堀北的嘲諷徹底消除。

「沒有，沒那回事啊？對吧，堀北同學？」

「……是呀。」

即使認為一之瀨是比較能夠信任的人，也沒有必要給她多餘的情報。堀北也是這麼判斷，才會附和櫛田說的話。

接著櫛田與一之瀨暫時聊著戀愛話題，然後又講了些無關緊要的話題，聊得十分熱絡。堀北從頭到尾都在旁邊當個聽眾，盡情享受溫泉與不斷溫柔飄落的雪。

之後一之瀨聽到用完晚餐前來浴池的朋友呼喚，回到室內。

因為還有其他女生紛紛來到露天浴池，堀北與櫛田兩人一邊保持距離，一邊繼續較量耐力。

然後這樣的膠著狀態持續了大約十分鐘——

「妳們兩人差不多該離開浴池比較好吧？臉變得超紅的喔？」

就在雙方都堅持到瀕臨極限時，看不下去的一之瀨從室內露面。

「堀北同學，她這麼說呢。」

「妳才是……沒聽見一之瀨同學說的話嗎？」

兩人即使在這種狀況也想硬撐，但這時用完晚餐的其他學生開始成群結隊在露天浴池現身。

這麼一來要繼續較量也會變得很困難，因此彼此都識相地同時起身。

「很棒的溫泉呢。」

「真的很棒呢。有點棒過頭了……」

「妳們兩人果然發生了什麼吧？」

雖然一之瀨再次感受到奇妙的氛圍，不過兩人彷彿什麼事都沒發生過一般離開浴池。

6

晚上十點前。有人溫柔地敲了兩下客房的門。

聽見敲門聲的渡邊表示由他來應對，迅速從榻榻米起身。

如此率先的行動是為了我們，還是為了自己呢？

「久等了～」

由櫛田帶頭的四名女生一邊這麼說道，一邊從渡邊打開的入口造訪我們的房間。

「歡、歡迎光臨，妳們來得真晚呢。」

是因為緊張與害羞嗎？渡邊的動作突然變得遲鈍，手忙腳亂地讓出一條路。

「對不起喔。我泡澡泡得有點久，就到這麼晚了。」

感覺如此回答的櫛田的確有點臉紅。與此同時，頭髮也散發水潤的光澤。

很少有機會可以在晚上像這樣與即將就寢的女生們見面。

正因如此，渡邊現在正在體驗對他而言也很寶貴的經驗吧。

因為有四名女生進來，瞬間有股難以言喻的香氣在房間蔓延。

雖然不是說男生聚在一起會有臭味，只不過這樣簡直就像另一個空間。

「為什麼會有這麼香的氣味啊……？」

「天曉得，的確很神祕啊。」

不知是否為業務用，大浴場提供的是大瓶裝的添加豆乳成分的洗髮精和潤髮乳。儘管沒有什麼不滿，但用起來也不會特別容易起泡，感覺是比較廉價的產品。

依照常理來想，女生那邊的大浴場應該也是一樣的東西……

然而從她們身上飄散出來的香氣，很明顯與豆乳洗髮精截然不同。

莫非她們自己帶了洗髮精嗎？

「欸，你去問問看啦。要怎麼做才能有那麼香的氣味啊？」

「不好意思，那種問題我實在問不出口。」

就算是不諳世故的我也非常清楚。

要是做出那種發言，肯定會讓女生覺得噁心。

「一想到這裡是男生的房間，就有一點緊張呢。」

網倉感到渾身不自在似的向其他女生低語，並且環顧室內。

即使房間的配置等等都相同，還是會很神奇地看起來不一樣也說不定。

「這邊的討論結束之後，晚一點要不要去小帆波她們的房間？聽說女生會在那邊聚會，直到熄燈為止。」

「是這樣呀？嗯，我完全沒問題唷。」

櫛田爽快答應，西野則是興趣缺缺地拒絕。

「我就算了。畢竟沒有比較要好的朋友。」

山村也跟著低下頭嘀咕：

「……我也算了……」

「是嗎？我想她們應該很歡迎任何人……哎，是無所謂啦。」

知道女生很快就會離開後，渡邊看來有些遺憾的樣子。

因為熄燈時間是比較晚的晚上十一點，所以時間還很充分。

畢竟是難得的教育旅行，無論是誰都想放縱一下吧。

「這就是迎接女生進房的心情嗎……」

渡邊低聲喃喃自語，同時沉浸在陶醉之中。

「先別提這些了，渡邊。你趕緊幫忙招呼女生比較好。這不正是提升好感度的機會嗎？」

如果只是邀請女生們進入房間，就算是我、龍園或鬼頭都辦得到。

要讓女生留下印象，必須要有更進一步的動作才行吧。

「咦？幫忙招呼？招呼什麼？」

渡邊似乎因為看到女生太過感動，看不清狀況的樣子。因為來到了格格不入的男生房間，女生們根本不曉得要待在哪裡才好。

「呃……我們應該坐在哪裡才好呢？」

因為旅館服務人員們已經在和室裡鋪好四床稍微有點間隔的被褥，所以要坐在榻榻米上只能擠在房間的角落。

渡邊會勉強女生們硬擠一下，還是會採用其他方法呢？這下就要看他的本事了。

「咦？坐哪裡都沒差吧？就算妳們直接坐在棉被上，我們也不會在意，對吧？」

渡邊一臉不是很懂的模樣，如此說道的他移開大約兩組被褥的毛毯，準備給女生坐的空間。

雖然女生們看起來有點驚訝，但是也沒有其他適合的地方，櫛田表現出同意的樣子。

四個人分別坐在離入口較近的兩床被褥上。

「那麼，也快到熄燈時間了，我們趕緊開始討論吧。話說龍園同學呢？」

「他在拉門對面。」

拉開關上的拉門，可以看到裡面擺著小茶几和兩張單人沙發，還有小型冰箱。

網倉似乎感到害怕，不敢靠近拉門，而是由西野以同班同學的身分用力拉開拉門。

只見龍園坐在單人沙發上滑著手機，看起來很放鬆的樣子。

「你聽見了吧？過來集合。」

「我在這裡就行了吧。可以聽得很清楚。」

「或許是這樣沒錯，但是提升小組的夥伴意識也是目的之一，以我的立場來說，還是希望你可以過來大家這邊。」

櫛田看起來毫不畏懼地向龍園搭話，希望他靠過來。

不知是否對櫛田感到不滿，龍園邊笑邊關掉手機螢幕。

「妳好像幹勁十足的樣子，但是應該明白自己的立場吧？」

「這話是什麼意思呢？」

「就是字面上的意思。如果妳要說聽不懂，我也可以讓妳搞懂喔？」

其他學生無法理解並消化這種牽制的意思。

應該是在班級之外唯一最了解櫛田的龍園，說出來的話語十分沉重。

「你在說什麼呀？」

當成單純在找碴嗎？西野逼近龍園。

「別老是說些讓人傷腦筋的話，快點過來這邊。」

西野絲毫不感到畏懼或膽怯，散發彷彿隨時會抓住龍園的手把他拉起來的氣勢。

「西野，妳最近也變得挺敢說的了。」

「我原本就是這樣子喔？只是以前不會沒事跟你扯上關係。」

現在是因為分到同一組，逼不得已——大概是這麼回事吧。

原本以為龍園會進一步找碴，但他一臉嫌麻煩似的站起來，踏進和室這邊。鬼頭看向龍園，

氣氛瞬間變得緊繃。

儘管如此，可以確定的是八人暫且為了討論行程聚集到一個房間裡。

「有必要所有人都聚集在這裡討論嗎？用手機就能解決了吧。」

自從女生過來之後一句話也沒說的鬼頭開口發問。

的確，透過應用程式開個小組群組，也能夠輕易通知所有人。

「其他小組好像也是一樣面對面在討論行程唷。」

「是哦，真不愧是小櫛田。」

坐在我跟山村中間的渡邊，像是對消息靈通的櫛田感到佩服一般誇張點頭。

是在警戒出乎意料突然靠近的男生嗎？山村像是要逃離渡邊一樣半蹲著後退半步。

「啊，山村，抱歉。原來妳在那裡啊。」

「不會……請別放在心上。」

除了這種瑣碎的對話之外，我們與龍園的交流至今仍散發強烈的緊張感。

「別組是別組，我們有適合我們的做法。」

鬼頭擔心的是龍園的存在吧。

可以清楚知道他是擔心沒辦法正常討論。

「面對面交流應該是很重要的事吧。再說我也想聽聽大家的真心話。」

櫛田表示有很多事情只透過應用程式無法明白，沒有退讓的意思。

即便她應該也不想踩到龍園的地雷，畢竟也有自己應該守護的立場。

倘若表面的櫛田判斷用不著在這裡讓步，就只會繼續往前衝吧。

「那麼事不宜遲，關於明天以後的自由活動時間——」

「先別提這些，我差點忘了首先得決定一件事。」

龍園環顧排放被褥的和室，開口說道：

「雖然我壓根兒不想跟你們這群傢伙並肩睡覺，但是空間有限，也不能計較這麼多了。我要睡這裡。」

如此說道的他，視線前方是鋪在最裡面、最角落的被褥。

就算半夜有人因為想上廁所而爬起來也不受任何影響，而且不會被任何人包夾的理想位置。

的確，我們還沒決定誰要睡在哪裡啊。

不過有必要現在決定這種事嗎？

反倒應該等女生回去後再來決定才是最好的做法吧……

純粹是龍園不懂得看場合，或者是故意選在現在說呢？

倘若觀察到目前為止的龍園，至少我只覺得是後者。

不過另一方面，其他人又是怎麼想的？

對於龍園明顯搞錯場合的發言，他們看起來只覺得龍園還真是我行我素。

「沒有異議吧？」

他姑且瞥了我和渡邊一眼確認，用略微強硬的語氣這麼主張。

「我……哎，我睡哪裡都沒差就是。」

渡邊彷彿被蛇盯上的青蛙一般表示同意。那麼我要怎麼回答呢？

就在我如此心想時，龍園已經把視線從我身上移開。

「喂，鬼頭。你要是有話想說，可以不用客氣儘管說出來喔？」

他似乎認為唯一會反駁的人只有鬼頭而已。

「我不同意。」

鬼頭的反駁宛如在象徵龍園的想法沒錯。

「啥？」

龍園明明說了可以不用客氣，似乎很不爽鬼頭的態度，歪了歪頭。

「我不會承認缺乏公平性的做法。而且這不是現在該商量的問題。連這種事都不懂嗎？」

「我才不管那麼多。我可不記得給過你拒絕的權利。」

「無論要在何時、何地、做出怎樣的發言，都是我的自由。」

鬼頭絲毫沒有退讓的樣子，反倒進入備戰狀態。

「好、好啦好啦，鬼頭，冷靜一點。只是睡覺的地方而已，就讓給他吧？」

「我拒絕。」

「唔……」

站起來想阻止他們的渡邊被鬼頭凶狠一瞪，嚇得不禁畏縮。

只論外表的怒氣和魄力，鬼頭甚至凌駕在龍園之上。

「我不打算讓這個男人為所欲為。」

「等、等等，男生們。現在不是在討論這些，你們之後再……」

儘管有些戰戰兢兢，網倉仍然試圖警告他們，但是西野拉住網倉浴衣的袖子阻止她。西野左右搖頭，一言不發地警告網倉不要插嘴比較好。

「如果有必要，不管幾次我都會說，我不打算眼睜睜地把位置讓給你。」

「意思是你想賭上這個地方跟我打一場嗎？啊？」

「你盼望暴力嗎？要實現這個願望也無妨，但是這趟旅行你會一直躺在這裡喔。」

縱使櫛田露出為難的表情，看到她的雙眼，我這麼心想——

她八成是覺得事情變得有夠麻煩，煩死人了吧。

「咯咯，那我就陪你玩玩吧。你們也要賭上床位打一場嗎？」

「我就不用了……剛才也說過，我睡哪裡都沒差。」

雖然我個人比起被包夾更想睡角落，但是也不想捲進麻煩事裡。

無論是龍園獲勝或鬼頭獲勝，在其中一方選了靠邊床位時，雙方就不可能睡在隔壁。反倒是我和渡邊很有可能要夾在中間當緩衝。

「我也不要。隨你們高興去打，做出決定吧。只不過如果你們兩人都希望睡那裡，我跟渡邊就會從剩下的三個床位挑選自己想睡的位置，沒問題吧？」

假如不先主張一下理所當然的權利，之後又會再起糾紛。他們兩人最優先的床位好像都不變，我跟渡邊似乎能夠自由選擇空下來的位置。

「還有拜託你們別用暴力來決定。」

只有這點得先把話說清楚，否則第六小組會太過招搖。

再說校方似乎會毫不留情地給引起麻煩的小組設下限制。這麼說或許有些誇張，不過要是在難得的教育旅行遭到禁止離開旅館，那就太可惜了。

「就我個人來說比較喜歡互毆這種簡單易懂的做法，但是不能這麼做啊。」

總之他至少會克制暴力行為的樣子，實在幫了大忙。

「綾小路，謝謝你幫忙說出我想說的話。」

「不會，我並沒有說什麼了不起的話。」

「沒那回事。我想想，至少把最旁邊讓給你來表示我的謝意吧。」

渡邊不愧是一之瀨班的學生，基本上是由善意組成的嗎？明明沒有主動拜託卻這麼說，便把最旁邊的床位讓給我。這麼一來就決定了睡在最裡面的人會是龍園或鬼頭，旁邊則是渡邊。從裡面數來第三個床位是輸掉比賽的人。我則是睡在最接近入口的床位。

「我也得增強一點抗性才行啊。」

看來渡邊把床位讓給我的理由之一，似乎也包含這種個人目的。

雖然我覺得夾在龍園與鬼頭中間好像太刺激了點。

「說到教育旅行，果然還是只有這個吧？」

不知不覺間，龍園的手緊握一個枕頭。

「鬼頭，這是一對一的單挑，規則應該用不著我說明吧？」

「當然。」

「怎麼了？他們打算用枕頭做什麼？」

我也看不出來在變化的前方是什麼，只能疑惑偏頭。

「說到教育旅行跟枕頭的組合，當然只有一件事吧？」

只有一件事嗎？

我完全沒有頭緒……

不過除了我以外的學生似乎都明白那是什麼，櫛田興沖沖地站了起來。

「那、那就由我來當裁判吧？這種事大概還是要公平見證比較好吧。」

感覺櫛田應該會後悔待在這種不得了的地方，但她還是開口如此提議。

「小櫛田就連這種時候都很有原則呢。」

儘管很想探聽她的真心話，可是附近不是只有渡邊，還有其他女生。

比起這個，他們會用枕頭做什麼讓我更感興趣。

「我就讓你先攻吧。」

「勸你別這麼做，你也不想連一次都沒丟到就敗北吧。龍園，放馬過來，別留下後悔。」

上下拋接著枕頭的龍園露出笑容。

「既然這樣，我就不客氣地宰了你，鬼頭！」

如此說道的龍園高高舉起手臂，把枕頭當成球一樣丟出去。

塞滿蕎麥殼的枕頭高速襲向鬼頭。

即使兩人之間有著一定的距離，那個威力就算漏接也不奇怪。

鬼頭冷靜且確實地接住那個枕頭。

「是我會，宰了你——！」

接著換鬼頭高舉手臂，回敬一記威力毫不遜色的枕頭。

另一方面，龍園也豪邁地接住枕頭，立刻擺出投球姿勢。

「挺有一套的嘛，鬼頭！看來可以稍微享受一下啊！」

枕頭又再次被丟回去。

「這是……」

「這是枕頭戰唷。綾小路同學沒玩過嗎？感覺男生應該都玩過呢，像是在國小或國中的教育旅行，或是森林學校的時候。」

我是第一次聽說。去年的合宿也沒有人玩什麼枕頭戰喔。

「黑暗之球（Darkness Ball）！」

「凶猛狂暴的大蛇，吞噬那傢伙吧——！」

一下是黑暗一下是大蛇，那個枕頭被迫變成各種東西啊。

「那、那個，這是枕頭大戰……沒錯吧？」

不允許其他人緊急參戰的單挑……不對，是枕頭戰。

網倉一邊看著左右飛來飛去的枕頭，一邊喃喃自語。

之後展開了好幾分鐘的死鬥，絲毫沒有要分出勝負的樣子。

雙方在消耗體力這方面都沒有問題，這場長期戰看來還會持續很久。

然而在這時我得知除了兩名參賽者之外，還有人即將陷入絕境。

「那個枕頭一直被那麼用力地丟來丟去，不要緊嗎？已經變得挺破爛了呢。」

櫛田冷靜地唸唸有詞，這句話讓所有人的視線都集中到枕頭上。

雖然這件事用不著向任何人說明，不過枕頭並非拿來丟的道具。

如果只是稍微互扔也就罷了，但是連續被人用盡全力拋出與接住的枕頭，不可能沒有累積任

何傷害。

「這麼說來，那個枕頭是誰的啊？」

渡邊這句話讓我們立刻轉頭確認鋪設在房裡的被褥。

鋪設在房裡的四床被褥中，只有渡邊讓給我的靠邊床位不見枕頭的蹤影。

「……是我的嗎？」

沒看到應該在自己床上的東西。

此刻鬼頭正將那個枕頭緊握在手中，似乎正在注入比剛才都要強大的黑暗之力。可以很清楚感受到枕頭正在發出哀號。

「用那個枕頭睡覺，感覺會作惡夢呢。」

不，這下子最可怕的是沒有人能保證枕頭可以維持原本的形狀。

無論哪邊獲勝，都希望枕頭能平安歸來。

「喝！」

至今不曾有過的強烈殺意注入枕頭。

是因為鬼頭粗壯的手指用力抓出枕頭嗎？枕頭脫手的瞬間炸了開來。

只見布料裂開，塞在裡面的蕎麥殼飛散在室內。

伴隨蕎麥殼散落四處的聲響，所有人都陷入沉默。

原本應該溫柔支撐我頭部的那個枕頭，變得慘不忍睹。

雖然一直用力祈禱，枕頭還是沒能平安歸來嗎……

我想對在戰場上悽慘凋零的犧牲者表示追悼。

「該怎麼說呢，男生真的是笨……不對，是純真的小孩呢。」

在櫛田用只有我聽得見的音量低喃之時，完全散落在地的蕎麥殼也安靜下來。兩個肇事者看來毫不在乎地將手伸向附近的新枕頭，這時西野提高音量喊道：

「我說呀——我們也沒有那麼閒，你們要重新開戰可以晚點再說嗎？很困擾耶。」

龍園無視西野的警告，打算繼續戰鬥，不過鬼頭似乎不同。

他一言不發當場坐下，決定暫時停戰。

原本沸騰起來的思考冷靜下來，感受到周圍的不滿。

「鬼頭，這樣可以當作是你認輸了嗎？」

「既然有人說感到困擾了，我不打算繼續給人添麻煩。」

從鬼頭平常散發的氛圍，難以想像他竟然會這麼快退讓。

哎，如果知道事態會變成這樣，真希望他們從一開始就別起爭執。

那樣至少能避免已經面目全非的枕頭犧牲吧。

「那麼……總之先來整理房間，再開始討論吧。」

除了龍園以外的男生再加上所有女生的協助，我們沒花太多時間就成功集齊枕頭的殘骸。

待會兒得跟房務人員要一個新枕頭才行啊。令人煩惱的是不知該據實以告還是撒謊。

我們把散落各處的蕎麥殼收集起來，放到裝在垃圾桶裡的透明塑膠袋中，開始討論行程。

「關於自由活動，記得只要在晚餐的最終入場時間，也就是十九點前回到旅館就行了。」

首先是櫛田理所當然地為了小組開始發言。

「嗯。所以真的是一整天都可以自由活動的感覺呢。」

網倉也立刻附和這個話題。

「感覺也可以搭電車或公車出遠門……要怎麼安排呢？西野同學有什麼想去的地方嗎？」

「我比較想滑雪吧。畢竟今天都在練習，感覺沒滑過癮，而且又難得來到北海道嘛。」

「我也贊成西野的意見。」

好不容易學會滑雪，只有半天就結束實在太可惜了。

鬼頭也一言不發輕輕舉手表示同意。

「還滿多人想滑雪的。渡邊同學和山村同學呢？」

「我也不反對吧。反正第三天會去市區逛逛，明天安排滑雪沒什麼不好吧？」

「我去哪裡都可以。」

即使是還不太會滑雪的山村，也沒有特別排斥的樣子。這只是她在配合周圍的意見，或者純

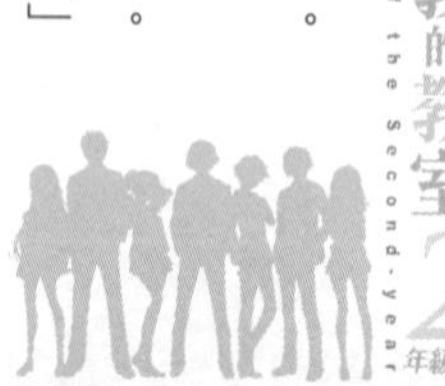

粹想要加強自己的滑雪技術呢？

這方面的感情我看不太出來就是了。

「小麻子呢？」

「嗯～我不太擅長滑雪，所以不會特別開心吧。但既然大家都想去滑雪，我也無所謂唷。畢竟是小組行動嘛。」

如此說道的她表現出全面讓步的想法。

櫛田沒有說出自己的意見，看向坐在單人沙發上的龍園。

「龍園同學呢？」

「隨你們高興。」

他似乎也沒什麼特別的主張，很乾脆地放棄發言權。

因為最棘手的龍園做出這樣的判斷，小組散發鬆了口氣的氛圍。與其說龍園對去哪裡不感興趣，不如說他也打算好好享受滑雪——這麼想應該比較好。

教育旅行第二天

教育旅行第二天早上。我們用完早餐並換好衣服後，在房間裡悠哉地待到前往滑雪場的巴士準備發車前。我跟渡邊漫不經心地看著隨手打開的電視。藝人們在螢幕另一頭朗讀今天早上的重點新聞，然後說一些不會得罪人的評論。這樣的內容持續一陣子後，開始了小貓的特別節目，氣氛突然改變。另一方面，同房的龍園則是把單人沙發當成自己的位置一般坐在上面，鬼頭則是拿了一堆跟旅館免費借來的雜誌，一本一本盯著看。共通點好像是不管哪本都是時尚雜誌。

「感覺危險到讓人難以想像只是在閱讀雜誌呢……像是在看殺人指南手冊。」

渡邊對著我如此耳語。他大概覺得講這麼小聲不會被聽見，但是銳利的視線瞬間瞪向渡邊。似乎對此感到害怕，他躲在我的背後擋住那個視線。

「那傢伙絕對把幾個人那樣過了吧？對吧？」

然後搖晃我的肩膀。可能的話，真希望讓我專心看電視上的貓咪特別節目。

「唷，鬼頭。就憑昨天那場枕頭戰，你也覺得消化不良吧？今天就來跟我比一場吧。」

彷彿要在和平的早晨呼喚暴風雨，龍園向鬼頭如此提議。

不用說，就我和渡邊的立場來看，那並不是值得歡迎的話題。

「蠢貨。你打算自己找死嗎？如果想後悔，我不會阻止。」

「咯咯，既然這樣，就試著讓我後悔啊。」

「你想比什麼？」

「那還用說，當然是接下來要去的滑雪啊。」

龍園似乎想比單純的競速，也就是看誰先滑到終點。

雖然鬼頭大概也不是初學者，至少在昨天已經知道龍園的技術相當高超。

龍園顯然是企圖把對手拖到自己占上風的場地，根本沒有必要答應他這種戰略。

然而鬼頭面不改色地用力闔上雜誌。

「你以為比滑雪就能贏過我？讓我來粉碎那自以為是的想法吧。」

看來鬼頭似乎打算接受，他絲毫沒有要閃避的樣子。

「你們可不要吵得太誇張喔？喂，你們倆有沒有在聽啊。」

「我想他們肯定沒聽見你的忠告喔。」

渡邊的音量小到如果有小孩子看見這一幕，彷彿會說：「螞蟻在講話耶！」只有坐在隔壁的我非常勉強才能聽見。

「可以想像你趴在滑雪道上懊惱不已的模樣啦。」

「可笑。」

在我們講悄悄話的時候，雙方的戰意越來越高昂。鬼頭起身用手捲起借來的雜誌走近龍園，將雜誌彷彿劍尖一樣對準龍園。

「待你落敗之時，就要請你在這趟旅行中像借來的貓一樣安分老實。」

似乎在不知不覺間受到電視的貓咪特別節目感化，鬼頭提出這樣的要求。

「啊？真要說的話，我現在已經夠老實了吧。」

啪！龍園伸手用力揮開面前的雜誌。

「你們可以先別吵了嗎？我想好好看貓咪特別節目。」

「你、你膽子真大耶，綾小路。明明矛頭說不定會轉向自己身上。」

如此說道的我催促他們兩人保持距離，避免再起爭執。

「不會啦。畢竟把矛頭轉向我，對那兩人也沒有好處嘛。」

只要不過度插嘴，龍園槓上鬼頭這樣的狀況是不會變的。

「總之他們好像安分下來了，我就繼續看特別節目——」

原本這麼打算的，但在不知不覺間，貓咪的身影已經從電視螢幕消失。

雖然是特別節目，播放的時間好像沒有多長，僅僅幾分鐘就結束了。

「綾小路，真遺憾啊。你很喜歡貓吧？」

「不，還好。」

「原來沒有喜歡喔！」

我只是沒來由地想看，並不是特別喜愛貓這種動物。

即使剛才播的是關於狗或河馬的特別節目，也會是同樣的心情吧。

節目暫時提供一團和氣的明朗話題，但在這時插播一則快訊。

『那麼，接著為您播報一則新聞。長期療養中的直江前秘書長在東京都內的醫院過世了。以下是鬼島總理於官邸發表的感言──』

一個表情嚴肅的男人伴隨多數閃光燈開口：

『路遙知馬力，日久見人心──這是我跟直江老師相遇不久時，他贈與我的一番話。』

正當內閣總理大臣像這樣開始談起關於故人的事情時，螢幕忽然變黑。

「到搭車的時間了。」

拿著遙控器並把食指放在電源鍵上的鬼頭如此說道。

「好，綾小路，我們走吧。」

我就關心一下鬼頭與龍園的比賽，同時以自己的方式享受滑雪吧。

1

我們來到旅館外面，但碰到了一點小麻煩。好像有消息說巴士遇到塞車，會晚大約十分鐘才到。有很多學生都在等待開往滑雪場的巴士，轉頭一看，玄關已經是人山人海。

「雖然很冷，不過在外面等車好像比較安全啊。」

渡邊吐出白色氣息，同時一臉憂鬱地仰望天空。我們比其他學生稍微早一點來到外面這點反倒變成自討苦吃，這也沒辦法。就算專程回到房間，也沒辦法悠閒地待上五分鐘吧。我們第六小組決定在屋簷下等待巴士到來。

「欸欸，機會難得，要不要來堆一下雪人？」

是為了有效利用這段等待時間嗎？網倉向小組成員提議。

「感覺很好玩呢。西野同學跟山村同學要不要也一起來堆雪人？」

「……哎，是可以啦？」

原本以為西野會拒絕這類邀約，但她出乎意料地乾脆答應了。

「山村同學呢？」

「不，我……就不用了。」

這邊則跟預測一樣，儘管有些客氣，還是拒絕了。

三名女生移動到不會妨礙到別人的位置，用積在地上的雪開始滾雪球。

看來她們似乎打算堆個比較大的雪人，而不是小型的。

「欸，龍園同學要不要也過來這邊一起堆雪人？我想一定很好玩喔。」

縱使知道龍園絕對不可能答應這個提議，櫛田仍然提出邀請，展現表面上的善意。周圍的學生們似乎也無法想像龍園賣力堆雪人的模樣，他們一臉好奇地守望接下來的動向。

這番發言肯定是想報昨天的一箭之仇吧。

櫛田的態度十分強硬，表示倘若對方做出輕率的發言，她也會不服輸地還以顏色。

「我以為只要稍微牽制一下，她就會老實一點，是我猜錯了嗎？」

龍園像在自言自語一般喃喃低語。的確，如果是以前那個還沒被班上同學得知本性的櫛田，或許會忍下來吧。

龍園大概有種奇妙的突兀感吧，但我也不能替他解開這個謎團。

畢竟不能把全場一致特別考試當中的對話等其他班不知道的情報交給他嘛。

雖然應該用不著我補充說明，龍園當然不可能答應櫛田的邀請。

他沒有對雪人做出反應，而是看向其他方向。

另一方面，也有人一直安靜注視著逐漸堆起來的雪人。

那是趁著沒人發現時慢慢跟我們保持距離的山村。

「呼……」

她一邊觀摩櫛田等人的堆雪人過程，一邊感覺很冷似的朝手心吐氣。

「呼——」

正在堆雪人的櫛田等人，當然戴著感覺很溫暖的手套。

環顧周圍也是，身在外面的學生除了山村之外，所有人都戴著手套。

這是當然的吧。在這種寒冷的天氣除非有什麼特殊的理由，否則不會長時間不戴手套。

我記得山村從參加昨天的滑雪講習前就一直戴著手套。

就算滑雪用的手套可以用租的，但是接下來要前往滑雪場，她不帶手套過去嗎？

假如是忘在房間，只要回房間拿就好了，所以說不定是有什麼理由。

她一臉茫然地反覆朝手心吐氣，同時注視外面。雖然也很在意山村的動向，但在等候巴士的這段時間，來到外面的學生也開始增加。

「是滿眼的雪景呢。」

這個耳熟聲音的主人是坂柳有栖。她是第四小組的成員之一。堀北班分到第四小組的應該是本堂與小野寺。在我這麼回想的時候，本堂與小野寺也彷彿是在對答案一般接連現身。因為坂柳

沒辦法滑雪，他們大概會去觀光景點吧。

坂柳他們沒有特別來找第六小組的成員閒聊，所有人好像都到齊了。

沒過多久，開往市區的巴士比開往滑雪場的巴士先抵達。

帶頭的老師指示學生們搭車後，他們便接二連三地開始上車。

坂柳拄著拐杖在不習慣的雪地上前進。

我一邊心想感覺有點危險一邊看著她時——

未來預知似乎命中了，坂柳因為腳滑，稍微跌了一跤。

所幸有一層白雪幫忙緩衝，她並沒有露出感到疼痛的表情。

「妳不要緊吧……」

走在坂柳後面一點，同樣分到第四小組C班的時任飛奔到她身旁。

他好像瞬間猶豫要怎麼做，但還是伸出了手。

「謝謝你，時任同學。」

坂柳似乎有點害羞地一邊道謝，一邊抓住時任伸出的手。

雖然要把嬌小的坂柳拉起來很簡單，時任謹慎地慢慢拉。

與嚴厲的容貌相反，幫助人的方式出乎意料貼心。

「別太亂來啊。妳的腳不方便行動吧……」

「抱歉。只不過幸好雪很鬆軟，並不會覺得痛。」

「是這個問題嗎……？」

坂柳平常作為班級領袖，會採取毫不留情的戰略，但她現在給人的印象跟平常截然不同，其他班的小組成員對於這點的感受應該更深吧。

坂柳就這樣抓著拐杖站起來，然後再次表示感謝。

「謝謝你的幫忙。」

「不會……呃，那個，妳沒大礙真是太好了。」

可能是感到難為情，時任無法從正面直視坂柳，移開視線。

「我原本以為時任同學是個更可怕的人。」

「咦？我嗎？……唉，這可難說。」

坂柳停下腳步跟時任聊了起來。他們的互動簡直就像故意讓別人見識關係的變化一般。

「因為平常在走廊擦身而過時，你也經常露出恐怖的表情往前走呢。」

「妳、妳怎麼連這種事都知道啊？」

聽到時任這麼問，坂柳立刻保持笑容回答：

「因為我們同樣都是二年級生呀。關於時任同學的事我也十分清楚唷。」

假如他們是普通高中的一般男女，這個光景感覺會讓人產生誤會。

但是坂柳很有可能在笑容底下經常盤算著計謀與策略。

根據情況，說不定就連跌倒都在計算之中。

現場的學生裡，會考慮到這種事的恐怕只有我跟——

表面上看起來不感興趣似的注視他們的龍園吧。

坂柳與時任並肩走到巴士的乘車處，時任讓坂柳先上車。這是為了避免她往後跌倒，還有發生什麼萬一時可以扶住她吧。無論是否有什麼內情，都可以清楚地感受到平常沒有交集的人們開始慢慢拉近距離。

往市區的巴士離開後，遲到的開往滑雪場的巴士也接著抵達。

2

我們八人搭這班直達車抵達滑雪場前面，下車後沒有立刻進入滑雪場，而是決定先在附近散步。雖然不在預定計畫裡，但是因為從巴士裡看到周遭有好幾間伴手禮店，發現這件事的網倉提議先去逛逛。

畢竟就算繞路去逛個二、三十分鐘，滑雪場也不會跑掉嘛。

「唔～北海道的早上真冷呢。因為車內很溫暖，感覺溫差更明顯了。」

如此說道的櫛田摩擦手套，身體也在發抖。

「對啊，才十一月底就這麼冷，比實際氣溫更讓我吃驚。看到積雪感覺也很怪。」

「要逛就快點逛吧。說是這麼說，八成幾乎都還沒開店吧。」

龍園向停下腳步的小組成員這麼說道。

現在時間才剛過九點十五分。

雖然滑雪場是九點半開門，但周遭的店幾乎都還沒開始營業。

龍園應該是打算一整天都用來享受滑雪吧，他似乎要留在原地等候。

目前已經開門的少數幾間店當中，還有一間比較特別的服飾店，不知為何鬼頭一溜煙地走上前，開始凝視那間服飾店的衣服。那間店陳列著相當花俏的奇特服裝，他看上了哪一件嗎？

正當我這麼心想時，只見鬼頭把拿起來的衣服放回去，又開始物色其他衣服。

「話說回來，鬼頭的腳還真大啊。簡直就像雪男的腳印。」

看到一直連接到服飾店的腳印，渡邊一臉佩服地跟自己腳的尺寸比較起來。

鬼頭身高很高，但是就算不考慮這點，也可以確定他的腳相當大。

「大家也去看看吧。」

身為提議者的網倉向組員搭話，彷彿在說時間寶貴似的邁出步伐。

櫛田立刻答應網倉的邀約，不過山村拒絕了，她似乎打算留在這裡。

渡邊與西野也決定各逛各的。

「山村同學呢？妳不去嗎？」

「……啊，我要留在這裡……請不用在意我，儘管去逛吧。」

於是現場只剩下我跟龍園還有山村三人。

其實我也想跟網倉他們一起到處逛，但是因為沒人問我：「要不要一起去逛？」便錯失跟過去的機會。

好吧，該怎麼做呢？像渡邊他們那樣一個人到處逛也行，不過……

既然山村婉拒邀約，應該是打算留在這裡等待同伴歸來。

假如我離開，山村就得跟龍園兩個人獨處。

如果這兩人感情不差，那樣倒也無妨，但他們幾乎是第一次碰面。

因為實在無法想像他們互相打招呼，融洽相處的光景，把山村留在這裡太殘酷了。因此除非山村或龍園開始單獨行動，否則雖然覺得焦躁，留下來才是正確的吧。

「唔……」

山村看著網倉等人逐漸變小的背影，同時不停發抖。

果然原因在於她藏在大衣裡面的手。

幾乎可以確定她沒帶手套就來到這裡。那麼這時候應該借手套給她嗎？不過如果她拒絕我，表示「不需要」的話，那樣感覺也有點尷尬。鬼頭等其他第六小組成員已經離開，現場是只剩三人保持安靜的狀況。山村好像盡可能地在忍耐，果然還是無法澈底掩飾。

「喂，山村，妳把手伸出來看看。」

「咦……？」

正當我依舊在猶豫該不該搭話時，龍園用有些嚴厲的語氣指示一直把手放在大衣的內側口袋裡，呆站在原地的山村。

看來龍園似乎也注意到山村怕冷的模樣和一直把雙手放在大衣裡的不自然舉動。原本以為山村會伸出感覺很冷的雙手，但是她卻移開視線……

「不要。」

雖然聲音很小，依然斬釘截鐵加以拒絕。

「啥？」

「我不想把手伸出來，因為很冷。」

她沒有提及是否有手套，只是陳述理由。畢竟在北海道的大地上，即使隔著手套也能感受到冰冷的寒風嘛。把手放在大衣裡會比較溫暖這點肯定沒錯。

原以為事情會就此結束，然而龍園踩著雪地，走近山村身邊。

然後抓住山村的右手，硬是把她的手從口袋裡拉出來。

「啊——」

直接確認山村沒有戴手套後，龍園放開她的手，於是山村連忙把雙手收進大衣裡，看似打算隱藏什麼。

「那樣當然會冷吧。妳的手套怎麼了？」

龍園用強硬的方式證明山村沒戴手套，但是她沒有回答。

以像是在說「請不要管我」的態度背對龍園。

「妳的滑雪技術本來就很爛，要是手也麻痺，是想受傷嗎？」

龍園的指謫很中肯。身為初學者的山村應該還沒辦法好好滑雪。

遇到這種狀況，如果手還冷到動不了，技術不可能會進步。豈止如此，還只會提高摔倒的風險而已。

「要是妳受了重傷而引起騷動，我的滑雪行程就會被迫中止吧。妳負得起這個責任嗎？」

特意強調是為了自己的滑雪行程，聽起來也像是摻雜很有龍園風格的自私自利，還有笨拙的溫柔。

「不，這……」

對於這種並非單純感受的問題，山村似乎無法反駁。

「那麼，妳的手套呢？」

「……我忘了戴。」

「哈，居然有人這麼糊塗啊。」

遇到這種寒冷的天氣，很少有人會忘記戴手套吧。

龍園不屑地冷笑，看向自己的手套。

他該不會為了山村，要把自己的手套借給她——

「喂，綾小路，把你的手套借她用吧。」

「……居然是我喔。」

他並沒有讓人看到那麼溫柔的發展，而是把所有問題拋給我。

「我也是滑雪初學者耶？」

「如果是你，就算受傷也沒問題吧。」

難以理解這到底是什麼邏輯……

遺憾的是周遭會賣手套的店家看來都還沒開門。

既然如此，也只能為了山村先把手套借給她了。雖然滑雪場內應該有專用手套等東西，但是就算只是先溫暖個十分鐘或十五分鐘，應該都會好一點才對。

「不、不用了。我不要緊的。」

如此說道的山村在保持距離的同時，已經開始朝手心吹氣。

「勸妳別這麼做比較好。寒冷會造成血管收縮。身體會顫抖也是肌肉為了提高體溫的反應。在那種狀態開始滑雪可能很危險。要是變成龍園說的狀況，難道不是最讓人懊惱的事嗎？」

「這……」

我近乎強迫地把脫下來的手套塞給山村。

「可是……那麼綾小路同學呢？」

「我沒問題的。更重要的是為了避免在滑雪時受傷，千萬不要勉強自己。」

我並非特別不怕冷，不過就像龍園說的，只要用技術控制一下應該沒問題吧。

「……抱歉……」

畏縮的山村用顫抖的手戴上偏大的手套。

然後再次把手藏在大衣裡頭。

儘管暫時應該還是會冷，只要過個幾分鐘就會逐漸獲得改善。

「晚點再重新買一雙符合自己尺寸的手套吧。」

「是的。那個，到了滑雪場後，請讓我賠償綾小路同學的手套。」

「賠償？」

「因為我戴上了……要把我戴過的手套還你也很過意不去。已經弄髒了。」

「不會弄髒啦。不，就算妳因為摔倒而弄髒手套，我也不會放在心上，直接還給我就行。」

「我不是那個意思。是手套被我戴過後會變髒……」

這是類似潔癖症的想法嗎？不，山村雖然有些客氣，還是很自然地戴上手套。這種想法還真讓人搞不懂啊。

「我還是希望你能讓我賠償。」

如今也很難想像若要賠償手套，她會挑一副顯然是便宜貨的手套還我。賠償會變成強迫她對於不必要的行動多一筆昂貴的開銷。

「那樣只會讓妳多花個人點數，沒必要這麼做。」

「你不會覺得不舒服嗎？」

她果然還是在說些莫名其妙的話。

為什麼山村把手套戴在手上會跟不舒服扯上關係呢？

就算說這些話的人不是山村，我也會抱持相同的感想吧。

「沒問題的。讓妳有所顧慮而賠償我，反倒比較不舒服。」

我用了比較強烈的措辭，來表達自己感到困惑這件事。

「那、那麼，至少請讓我用其他方式向你道謝。」

雖然我覺得沒必要道謝，但是假如不做些什麼，山村或許無法心安吧。

既然她這麼堅持，應該準備一個她本人可以接受的方法。

「既然這樣，我可以問妳一個問題來代替謝禮嗎？」

「……請說？」

「早上在等車時妳就沒戴手套了，這是有什麼原因嗎？」

「我只是忘了而已。」

這下知道她並非故意沒戴手套。

「應該有很多時間可以回房間拿手套吧。還是說妳忘了可以這麼做？」

我試著稍微深入一點詢問一直很好奇的事情。

「……因為好像不是那種氛圍……」

「氛圍？」

「類似很難開口說要回房間的氛圍。」

旅館大廳的確擠滿了很多學生，但要說那樣的氛圍是否讓人很難開口說要回房間，感覺有些微妙。

不，這只是我這麼覺得，必須跟山村的感受當作兩回事來看待。雖然只是僅僅幾分鐘的互動，我稍微能夠理解山村這個學生了。

這麼一來，也會對某些事產生興趣。

「妳平常比較常跟誰一起玩啊？」

這種類型的學生會交怎樣的朋友呢？是同樣文靜的人，還是會找像櫛田那樣不管誰都歡迎的大紅人加入他們的圈圈呢？或者是會帶領自己前進的人呢？然而山村沒有立刻回答我的問題。雖然表情沒有太大的變化，但是略微尷尬地瞇細雙眼，移開視線。

「我沒有一起玩的對象，大部分時間都是一個人度過。」

「一個人嗎？感覺A班應該不會丟著某個人不管耶。」

「因為我的存在感薄弱……大家應該沒發現我是一個人吧。這是家常便飯了，所以不會特別在意就是了。」

這個世上確實有存在感薄弱的人。

真要說的話，我本身也可以歸類到那種類型吧。

只不過就我跟山村的情況來說，性質很有可能完全不同。

仔細一想，如果那個櫛田注意到山村覺得冷這件事，她不可能視若無睹。

即使是經常對別人的反應感到在意的櫛田，山村存在感薄弱的程度似乎也讓她的感應變得遲鈍了。

好吧，既然存在感這麼薄弱，就算回房間拿手套，我覺得也沒人會在意就是了。

存在感薄弱——倘若客觀分析這點，多少也能看見她的真面目。

「山村喜歡自己嗎？」

「一點都不喜歡，我不可能喜歡自己。」

是因為借用我的手套，拿人的手軟嗎？山村老實回答。

她想隱匿起來的東西是自己——首先這就是導致她存在感薄弱的主要因素之一。

倘若沒有想表現自己、想宣傳自己的想法，必然會採取不引人注目的行動。

她在討論的時候也是躲在某人背後，儘量不讓別人認識到自己的存在。

就好像在半夜穿著黑色衣服，然後不明白為什麼不引人注目。

此外，因為不會做沒有必要的行動，在別人的視野中獲得注意的機會也很少。

她的存在感會變得薄弱，是理所當然的結果。

而且山村對別人的警戒心看起來比其他人更加強烈。

也就是說她害怕對方，因此極力避免自我主張吧。

可以想見是這些要素結合起來，誕生了山村這個存在感薄弱且難以被認知的學生。問題在於即使知道原因，也無法立刻解決這點。

就算聽平常沒有關係的我說這些事情，山村也只會變得更加警戒別人吧。要是有能夠敞開心房，比較親近的對象，這些話也會比較容易傳達給她吧。

結果我們的對話就在這邊結束，陷入沉默。

然後過了大約十分鐘，在滑雪場即將開門前，所有人都回來了。

「那麼，要怎麼分隊呢？應該不用所有人都在同一個地方一起滑雪吧？」

即使小組行動是我們的義務，但也並非各種細節都要大家互相配合。畢竟小組裡摻雜著滑雪初學者與高級者，所有人都要配合其中一邊的話非常麻煩，或者可能會感到過意不去。

重點在於平衡。當周圍的人看到時，能否判斷那是妥當的行為。

應該有必要以八人裡面技術最差的那些人為起點來思考怎麼分隊吧。

「我跟山村可以確定是初學者路線，要怎麼做？我們也可以兩個人自己滑啦。」

首先，因為滑雪場下方有初學者用的平緩路線，可以確定這兩人會在那邊滑雪。山村也立刻同意渡邊的提議。

「我覺得有個會滑雪的人陪在山村同學他們身邊幫忙比較好。假如方便，就由我——」

「啊，不用啦，櫛田同學。我會待在初學者那邊幫忙。」

「咦？可以嗎？」

「妳不用放在心上，儘管去滑吧。雖然是會滑雪，但我也有點害怕高級者路線呢。」

西野的滑雪技術還不錯，不過她表示要陪山村他們。

「我也對高級者路線沒什麼自信……也這麼做好了。」

不知網倉是否從一開始就這麼打算，她在西野回答的同時這麼告訴大家。

就這樣出乎意料地分成各四人的小隊，眾人一致贊成各滑各的。

「假如妳們突然想到中級者以上的路線滑雪，隨時都可以說唷。我會過來幫忙。」

櫛田這麼補充，避免西野跟網倉必須一直忍耐。

「那麼，午餐就正午時所有人到餐廳會合吧。」

就在小組成員一起移動到滑雪場入口時——

正當我心想有陣陌生的馬蹄聲時，只見有一匹馬瀟灑劃過雪地，飛奔過我們身旁。

還在思考這是怎麼回事，就看到高圓寺騎在馬上面。

其他班級的學生打從心底大吃一驚的樣子，就連那個鬼頭似乎都有些不敢領教。

對於跟高圓寺不熟的學生們來說，會有這種反應也很正常。

「那位客人——！那邊不是能通行的路線——！」

隨後有幾個驚慌失措的工作人員從遠方一邊吶喊，一邊追了上來。

「那是什麼呀……」

「還真驚人呢……」

西野與山村目瞪口呆地注視逐漸變得像豆子一樣小的高圓寺。

「怎麼回事呢。雖然是不曾見過的光景，卻沒有很驚訝。」

櫛田用只有我才聽得見的音量這麼說。

「畢竟我們身為同班同學，已經看慣了高圓寺異想天開的行動……」

我們很神奇地覺得如果是高圓寺，就算發生像剛才那樣的事也不奇怪。

說得直接一點，就是習慣成自然吧。

3

我們為了換衣服暫且分開，準備完畢後在約好的地方集合。

鬼頭、櫛田、龍園與我移動到吊椅前方。

吊椅是兩人座的，我們決定分成我跟龍園、櫛田與鬼頭這樣的組合搭乘。

因為判斷這是最不會發生糾紛的組合。

而且為了保險起見，櫛田與鬼頭先行出發，隔了幾組人才搭上吊椅。

這麼做一方面也是為了避免龍園與鬼頭在吊椅上互瞪。

「你跟鬼頭就不能再和平一點嗎？」

「那我可辦不到。如果鬼頭過來求我倒是另當別論。」

龍園注視著雪山，以不客氣的態度這麼回答。

「也就是說沒什麼希望啊。既然這樣那也沒辦法，但這是個難得的機會吧。鬼頭看起來也在某種程度上受到坂柳的信賴。原本以為如果是你，應該會打算趁這個機會籠絡他。根據情況，說不定能讓他變成夥伴。」

坐在旁邊的龍園認為這次教育旅行是以收集情報為主，這麼想並沒有錯吧。實際上坂柳看來也傾向於做類似的事。

「雖然鬼頭的外表根本不是人類，只有忠誠心還算強啊。而且在他跟我分到同一組時，坂柳當然就會有所警戒。輕率的交涉只會造成反效果吧。」

「你想得挺實際的嘛。」

直到目前為止，我跟鬼頭沒什麼交集，還不清楚任何細節。

不過從他一貫討厭龍園的態度來看，也能強烈感受到想和坂柳一同守護A班的意志。再說也沒聽過鬼頭個人曾鬧出什麼問題行為。倘若輕率與他交涉，想讓他加入我方，就等於在說幫我把情報洩漏出去一樣。

「而且需要從A班拉過來的人才，頂多就葛城而已。即使鬼頭和橋本以小卒來說也足夠了，但還不至於收為我的棋子，考慮到風險根本不划算啊。」

這似乎就是龍園沒有友善對待鬼頭，一直與他敵對的理由。

儘管對鬼頭等人有不錯的評價，果然還是只有葛城特別受到龍園認可。

吊椅抵達終點，我們在高級者路線降落。

先在終點等我們的鬼頭，用視線把龍園叫到出發地點。

首先悠哉享受一下這條路線……他們似乎打算跳過這種輕鬆的步驟。

「喂，妳來下指令。」

龍園對著櫛田下達指示，命令她倒數讀秒，準備開始。

「你們兩人滑雪時都要注意安全唷。」

櫛田舉起手來開始倒數計時。龍園與鬼頭彼此拉開幾公尺的距離，擺出準備滑雪的姿勢。究竟哪邊會獲勝呢？

「——開始！」

在櫛田放下手的瞬間，雙方幾乎同時有個漂亮的開始。

「我們也追上去吧。」

「咦，不要緊嗎？應該說我沒自信可以追上耶……」

「那妳就從後面慢慢追上來吧。」

如此說道的我晚了幾秒後，與櫛田一起在斜坡上滑雪。

龍園與鬼頭趁勢展開一進一退的戰鬥。

他們一下往右，一下往左，優雅地描繪弧形，同時以高速往下滑。

雖然我的技術昨天還不夠好，但是此刻看到眼前的示範，於是開始昇華。

如果是較長的高級者路線，就能更加深入、更加仔細地學習嘛。

除此之外，龍園與鬼頭的戰況幾乎是平分秋色。

原以為其中一方會立刻領先，卻是一場相當激烈的拉鋸戰。就我看來他們的技術沒有太大差距，而且同樣很不服輸。即使過了路線的一半，還是勝負難分的樣子。就在他們相持不下，比賽也終於邁入尾聲時，雙方互相保持的寬度距離逐漸拉近。這是意料之外的事故。

照這樣下去，可能會出現他們滑雪的路線重疊，導致衝撞對方的風險。

不，這對雙方而言並非意外事故嗎？

應該認為這是他們不惜撞倒對方也要獲勝的危險徵兆。

我複製兩人的動作，在吸收幾乎所有技術的同時開始加速。

「去死吧，鬼頭！」

「消失吧，龍園！」

我察覺到晚點就會聽見那樣的聲音，於是在前一刻強硬地把自己的身體擠進兩人之間所剩不多的空隙。

由於第三者忽然闖入，兩人連忙往旁邊散開。

雖然結果是我被雙方怒目瞪視，但成功勉強他們拉開距離。

我們一口氣滑完高級者路線，龍園和鬼頭比我晚了一點停下腳步。

前方的龍園與鬼頭立刻轉頭走向我。

「你為什麼要礙事？」

鬼頭用蘊含怒氣的語氣，彷彿要抓住我的衣領般氣勢洶洶逼近。

「因為我判斷那樣很危險。你們太過激動，企圖靠滑雪以外的手段取勝吧？」

「無論是怎樣的形式，比賽就是比賽。這點龍園也很清楚。」

「這無關對手是否理解，那種做法不能說是滑雪比賽啊。」

鬼頭把他的不滿發洩出來後，瞪了龍園一眼，然後滑著雪離開。

他似乎感受到「再比一次」的氣氛已經消散。

就在這時，櫛田也滑到我們的身旁。

「你們三個都太快了……應該說綾小路同學相當異常耶……！」

龍園也露出一臉不滿的表情，踩著雪靠過來。

「你真的是初學者嗎？是不是在說謊？」

「說謊？不，昨天是我第一次滑雪。」

聽到我這麼說，龍園似乎不相信，吐了口口水一個人前往吊椅那邊。

總之這下大概暫且可以放心了吧。

「該說也難怪他會生氣嗎？你的滑雪技術真的很厲害。就好像不用努力，也能靠天分完美做到所有事情的漫畫主角一樣呢。雖然龍園也說過，但你真的才開始滑雪第二天？」

不巧的是我並非那種漫畫主角。

在活到目前為止的歲月當中，我的身體累積了無數的經驗。

即使是第一次接觸滑雪這個運動，所有運動基本上都是以既淺又廣的線連接在一起。

我只是把這些線連接起來，將透過口頭和視覺獲得的情報連接起來應用在滑雪上而已。

「妳沒辦法相信嗎？」

「沒那回事。但如果沒看到你抓住天澤的動作，我可能不會相信。」

那個時候即使只有一瞬間，也讓櫛田看到White Room學生之間的戰鬥了。

當時的疑問和疑心透過我這次滑雪技術的進步，顯得更加真實。

「真厲害呢。」

她再次稱讚，然而我本身無法坦率接受她的稱讚。

「沒那回事。」

「你又再謙虛了~」

她只當作我是在謙虛，這也沒辦法。

不過實際上龍園和櫛田的確有高級者的滑雪技術，真的就像範本一樣。
他們並非像我一樣累積龐大的經驗吧。
就這層意義來說，他們比我更有天分。
「我們也去吊椅那邊吧。畢竟麻煩已經過去了，我想好好享受滑雪。」
「嗯，說得也是。雖然對不會滑雪的人來說，搞不好是一段難受的時間。」
這話可以套用在所有娛樂上吧。
如果都是些即使技術不好也能樂在其中的人倒還好，但是現實並非如此。
無論是電玩或運動，很多時候不擅長的人都無法享受到樂趣。

4

時間到了正午，我們第六小組所有人都在滑雪場附設的餐廳集合。因為是美食廣場形式的餐廳，我們各自點了愛吃的東西，然後回到座位。
我拿到寫著三十二號的取餐機，店員說明等我點的餐完成之後，取餐機就會響，提醒我過來取餐。

「渡邊同學你們滑得怎麼樣？滑雪技術有進步嗎？」

因為櫛田一直待在高級者路線，所以她詢問去了初學者路線的四人成果。

「我練到挺會滑了喔。還沒有西野或網倉那麼厲害就是啦。」

渡邊儘管謙虛，還是稍微露出成長的自信。

另一方面，沒有被提到的山村表情十分陰沉（雖然原本就是這樣）顯得毫無霸氣。

「至於山村……哎，還有得學啊。」

渡邊只有向我耳語，報告山村看起來沒有進步一事。

因為她本人散發強烈的「別跟我搭話」氛圍，所以我決定什麼都不說。

之後取餐機響起，於是前去拿取餐點。

我拿著裝在托盤上的熱騰騰湯咖哩，回到餐桌這邊。

然後在八人到齊時開始享用午餐。

選擇漢堡這種輕食的龍園第一個吃完，然後把包裝紙跟托盤推給渡邊。渡邊即使露出苦笑，還是把空托盤疊到自己的托盤上。

「綾小路，跟我過來一下。」

「咦……我才吃到一半耶？」

湯咖哩還剩下大約三分之一。要是放太久，就浪費了原本熱騰騰的湯咖哩。

「動作快。」

渡邊雖然深感同情，還是一言不發送我離開。至於鬼頭……他根本沒看這邊。

「我離開一下。」

「嗯，我們邊吃邊等你唷。」

我把現場交給櫛田，跟龍園一同走在美食廣場裡。

走到美食廣場的邊緣時，龍園總算停下腳步拿出手機。

接著他用指尖解鎖，眼睛注視著手機螢幕。

「果然沒錯啊。不出所料，坂柳那傢伙似乎在利用那群手下勤奮地收集情報。」

看來似乎是龍園的同班同學傳來報告，他正在確認。

「你們彼此彼此吧。」

即便不是直接聽他說，我認為龍園也有發出同樣的指示。

「是啊。這次教育旅行不是為了讓我們和睦相處。要擊潰頭領，關鍵在於先解決他的手腳。看來坂柳也很清楚這點啊。」

坂柳和龍園都無法靠個人進行班級之間的戰鬥。

要如何在由全班參加的團體戰當中戰勝對方。

提升同伴的能力很重要，但是削弱對方的戰力也很重要。

尤其是坂柳雙腳不良於行，平常的行動範圍非常狹窄。

這方面大部分是由神室或橋本來彌補。

假如這兩人被掌握到必須屈服龍園的弱點，坂柳將會失去寶貴的腳。她的收集情報能力會一口氣下降吧。

「讓我聽聽你特地叫我出來的理由吧。應該不是為了報告你們的偵察戰吧？」

「我接下來會向班上的傢伙發出指示，開始準備與坂柳抗戰到底。不管學年末測驗的課題是筆試還是什麼，我都會不擇手段擊潰坂柳。」

「我在巴士上也聽過類似的話，你說戰鬥已經開始了。」

「對，只不過在採取行動前，有一件事必須再次向你確認才行。」

就在龍園這麼說的時候，我的手機震動了一下。

我要龍園稍等並且確認手機螢幕，發現是櫛田傳來的簡訊。

『山村同學過去那邊嘍。』

她很在意被龍園叫出來的我，為了確認情況採取行動了啊。

山村十之八九是接到坂柳的指示展開行動。

這表示山村有可能會在附近偷聽，但是我刻意不告訴龍園這件事。

這也是坂柳與龍園之戰的一幕，我的協助會對坂柳不利。

另一方面，龍園似乎也接到某人的聯絡，他再次凝視手機螢幕。

龍園面不改色地將手機收到口袋裡，繼續說道：

「還記得我一年前說過的八億點計畫吧？」

「我現在也不認為那有可能實現。」

「我想也是。之後我們班那群傢伙聽到，大概也會做出跟你一樣的反應吧。」

「你打算說出來嗎？」

龍園班上知道存八億點戰略的人，應該只有伊吹才對。就連那個伊吹恐怕也只是碰巧得知，並不清楚具體的內容吧。

「這個計畫可是要花上天殺的一大筆錢。就算我保密到家進行，也存不到這個金額吧。剩餘的時間只有一年多一點，要採取行動算是有點晚了。」

的確，如果龍園打算認真提升那個戰略的精密度，同班同學的協助是不可或缺的。

就像一之瀨讓全班同學基於信任把個人點數慢慢儲蓄起來一樣，龍園也必須與班上同學團結起來，朝著目標金額努力。

「你想確認的是我會協助八億點計畫嗎？」

「到目前為止，我也以我的方式給了你們班不少溫情喔？體育祭是這樣，文化祭也是這樣。還有學年末測驗也整合成我跟坂柳對決的狀況。你應該沒有不滿吧？」

的確，自從去年跟龍園談過後，堀北班一直能自由行動，甚至快忘了龍園的存在。如果他依舊跟一年級時一樣好戰，到目前為止應該不會這麼順利吧。

「你跟櫛田好像也處得不錯嘛，虧你之前還揚言要讓她退學。」

「抱歉啊，我有時也會轉換方針。」

似乎是這句話讓他很中意，或是覺得哪裡不對勁，龍園笑了起來，並且拍了幾次手。

「只要我有那個意思，想要擊潰櫛田也是輕而易舉。你應該明白這點吧？」

龍園是我們班以外的人當中，少數知道櫛田本性的學生之一。

他明明隨時都能發動攻擊卻沒有那麼做，這正是約定的結果吧。

「所以你要我完成約定？竟然還語帶威脅，真是強硬啊。」

「不管是強硬還怎樣都沒關係。你要做？還是不做？」

雖然那時是口頭約定，但是龍園表示倘若我毀約，他不會手下留情。

「在我回答前先問一件事，假設你能夠打敗坂柳，之後會怎麼樣？」

「在學年末打敗Ａ班後，就是我的班級跟你的班級一對一單挑，這還用說嗎？在我內心可是連打敗你都寫在劇本裡了。」

他果然是這麼想的嗎？只要觀察到目前為止的情況，根本沒有懷疑的餘地就是了。

「那樣有點太過自私自利了吧。那時你一度走下舞台。然後跟金田與日和表示你只會主動扛下事前交涉的任務才對。然而你現在卻回到舞台上。若是希望我履行約定，你應該收手才合情合理。如果我們升上A班，你變成B班，必然會演變成我們要順勢把勝利讓給你們的發展吧？」

那樣才是首次創造討論協助八億點計畫的場合。

「你覺得不爽嗎？」

「那是當然的吧。堀北班與龍園班認真競爭的結果，假如是你們獲勝並升上A班，就只有我們會吃虧。還是說你可以跟我約定假設八億點計畫進行得很順利，會把堀北班的學生也拉到A班？」

龍園收起笑容，以銳利的視線斜眼看著我。

「那點我辦不到，多出來的個人點數當然是屬於我們的。」

那可是畢業後也能活用的錢，他根本不打算拿來拯救沒有關係的學生吧。

「如果你們輸了，我們要負責救濟，如果你們贏了，卻對我們見死不救……是嗎？這樣根本想都不用想。今後我無法協助你存八億點的計畫。只不過接下來你要用什麼方式攻擊哪個班級都是你的自由，我沒有權利阻止。」

「綾小路，你果然沒那麼天真嗎？」

「畢竟這不是我一個人的問題嘛。」

「既然這樣，那也沒辦法。那時的約定就在此刻作廢吧。」

他比想像中還要更乾脆地作罷。一副理所當然知道我會拒絕的樣子。

「即使談判破裂，你還是打算存八億點嗎？」

「事到如今，我不打算改變戰略。最主要的目標還是存八億點。在這個前提下，還會打敗坂柳跟你。如果能不用到錢就升上A班，便可以帶著鉅款畢業，沒錯吧？」

原本像是天方夜譚的計畫，更進一步變化成理想中的理想。

不過龍園誇下海口，說他會存到八億點給我看。

「到目前為止為了挖角葛城和利用一年級那些傢伙，用掉了一筆錢，而現在要開始回收那些錢。我會澈底轉換成個人點數主義。」

倘若竭力去收集個人點數，也會伴隨相對的風險。

這時龍園的想法和態度感覺很不協調，讓我的思考蒙上一層奇妙的陰影。

「你的表情在說我絲毫沒有讓步，逼你履行約定這點讓你感到很不可思議吧。」

「這是當然。我看不透這個話題的本質。」

「事情很簡單，這表示契約作廢是既定路線。要是一直跟你有半吊子的關聯，就沒辦法擊潰你。但是像這樣作廢契約就另當別論。這下我們就能澈底對決了。」

換言之，比起利害關係的一致，龍園選擇已經復甦的對勝利的執著。

雖然在巴士上也對我說過類似的話，但他重新發出宣戰布告。

儘管如此，我還是無法完全接受他的說法，這個話題的發展隱含著某種意圖。

即使追究這點，也得不到答案吧。

「想要放眼未來是沒差，不過還是等你贏了坂柳之後，再來考慮再戰吧。」

「哈。我知道那個女人的腦袋很靈光，不過終究只是那樣罷了。」

龍園如此說道，顯示他對學年末測驗的戰鬥有絕對的自信。

龍園，你在敗北之後成功復活了。

就承認你的天分超乎我的預料吧。

龍園翔的成功故事正穩定地步上軌道這點也是事實吧。

不過——

他能否在最後一刻跨越障礙，則是另一個問題。沒有把障礙當成障礙的這種偏差，遲早會在對戰的舞台產生影響也說不定。

當然這些徵兆和跡象也會因為坂柳如何看待龍園產生變化。

「綾小路，你先回去吧。」

如此說道的龍園走向廁所那邊。

一直看著這邊的日和注意到這裡，從略遠的座位上揮了揮手。

看來日和的小組似乎也來滑雪了。

我稍微舉起右手回應日和，然後回到小組成員所在的餐桌。

山村已經先回來了，她露出若無其事的表情，默默滑著手機。

「龍園人呢？」

「他好像要先去廁所再回來。」

「……你沒事吧？沒有挨揍吧？」

渡邊一臉擔心地確認我全身上下。

「不用擔心，我們只是閒聊了一下。」

「如果是那樣就好……」

這時一直細嚼慢嚥的山村吃完午餐，西野也配合山村拿起托盤。

「我……去把托盤放到回收處。」

因為她們兩人是吃同一間店的料理，所以一起把托盤放回去。

「綾小路，假如你被他抓住弱點，儘管說出來，不用客氣。」

或許覺得渡邊的問法太天真，鬼頭露出深邃的眼神這麼低喃。

真希望他可以在我被叫出去之前就這麼說啊。

過不了多久，龍園回來之後，鬼頭將視線從我身上移開。

「你逃避與我對決，改去恐嚇其他班級的人嗎？」

「啊？咯咯，鬼頭，別擔心。我會好好收拾你們A班的。讓你知道坂柳對我而言終究不過是個過程這件事。」

「你無法打敗A班。」

「這可難說喔？」

龍園顯得從容不迫——不，應該說他故意演出從容不迫的樣子比較好嗎？他應該是真心主張自己能贏吧，但是實際上沒有證據可以證明這點。

當然他說不定擁有我不知道的情報，不過只論單純的能力，是坂柳技高一籌。

「不用等到學年末測驗，你隨時都可以放馬過來。」

「喂喂，鬼頭，你沒有那種權限吧。優點就只有盡責當條忠狗的你做出這種輕率的發言，傷腦筋的可是你的主人喔？」

被說是狗的鬼頭將巨大的手掌撐在餐桌上，站了起來。

「本來要打敗你只靠我一個人就夠了。」

「哦？既然這樣，要來比第三次分出勝負嗎？」

枕頭戰是因為枕頭破損，滑雪比賽則是因為我插手而沒能分出勝負。

「你們兩人好好相處啦。已經有傳聞說我們小組滿危險的嘍。」

周遭的一般客人也開始有人以不可思議的表情看著互瞪的龍園與鬼頭。

要是一直做些太招搖的事，傳入教職員耳中也只是時間的問題。

「話說回來，西野同學她們怎麼還沒回來？」

「這麼說也是。」

如果只是把托盤放回去，照理來說不用一分鐘，然而她們卻沒有要回來的樣子。

注意到西野與山村一直沒回來後，櫛田尋找兩人的身影。

「啊，找到了。可是她們好像被不認識的男生們纏上了。」

在擠滿人的美食廣場裡，櫛田手指的方向可以看到西野與山村被疑似學生的五個男生圍住。

彼此的氣氛看起來似乎不太妙。

「喂、喂喂，西野那傢伙跟別人爭執得挺激烈的。我們過去幫忙吧。」

「不要一群人行動比較好，要是隨便引起糾紛就麻煩了。」

我才剛發出這樣的忠告，就已經有人站起來了。

根本不可能聽別人忠告的兩人沒有企圖溝通，就這麼直接前往西野她們身邊。

「櫛田你們在這邊等著。」

我先指示櫛田、網倉還有渡邊待在原地不動。

就在我追上以強勁的腳步前往現場的龍園與鬼頭時，耳朵聽見他們的對話。

「妳先撞到我們，卻連一句道歉都沒有嗎？我們可是被拉麵的湯弄髒衣服耶。」

看來這場爭執的開端應該是山村撞到對方，而非西野的緣故。

「應該要怪你們沒注意到正在走路的山村同學吧？」

男人們發出彷彿嘲笑的笑聲，並且摸摸自己的肩膀。

「哎呀，她就像個女幽靈一樣，我沒看見啊。對吧？」

「……真的……很對不起。」

山村低聲道歉，恐怕她已經道歉不只一、兩次了吧。

不過男人們一直表現得好像根本沒聽見。

「我們是從岐阜來教育旅行的，只要跟我們一起玩就原諒妳喔。」

西野像要保護山村一般擋在她前面，男人硬是抓住西野的手。

「啥？別開玩笑了，誰要跟你們一起玩啊。」

西野態度強硬地甩開男人的手，於是手心稍微碰到男人的臉頰。

「很痛耶。」

一直下流發笑的男人們瞬間改變表情。

隨後，五人其中之一猛然飛了出去。

「你、你搞什麼啊！」

「那是我的台詞，呆子。你找我的同伴有事嗎？」

那是龍園朝著男人背後使出豪邁的一踢。

然後立刻抓起另一個男人的衣領。

「別在女人面前像小鳥一樣嘰嘰喳喳。」

「什……我宰了你喔！」

「試試看啊。不然我讓你揍一拳好了？你想要教育旅行的伴手禮對吧？」

如此說道的龍園秀出自己的左臉頰，豎起食指輕輕敲了兩下。

「好，那我就不客氣地揍你一拳啦！」

男人依照龍園所說的高舉手臂。

「啊，你最好——」

別以為他真的會給你揍——我的建議來不及說完。

看到對方莫名誇張的動作，龍園抓住男人的雙肩，給他的腹部一記強烈的膝擊。別校的學生痛到倒在地上打滾。

「無聊的教育旅行也是會發生有點意思的插曲嘛。」

對於這種理所當然會發生的狀況，龍園開始找到樂趣。

想不到人生中第一次與其他學校接觸的插曲，竟然會演變成危險的暴力事件。

其中一個男人揮出使勁握緊的雙拳。

看來對方沒有一對一戰鬥的樣子，而是打算靠著人多來取勝。

這時鬼頭慢吞吞地現身。

他顯然不像高中生的樣貌與威壓感，讓那些男人為之驚慌失措。

「他好像……打算站在龍園那邊呢。」

西野抓著山村的肩膀保護她，同時走向這邊喃喃低語。

「畢竟山村是鬼頭的同班同學嘛。察覺到同學的危機，理所當然不會保持沉默吧。」

所幸他們彼此好像都明白繼續在美食廣場開打並不好，於是龍園等人接連朝屋外走去。

「不用叫大人來嗎？」

「既然事已至此，沒人能阻止他們。既然如此，讓他們避人耳目打一場比較好。」

就我看來，對方雖然有數量優勢，但是不管哪個人看起來都沒多大本事。

倘若龍園與鬼頭聯手戰鬥，應該不用多少時間就能解決。

之後過了大約十分鐘，龍園他們回來了。還拖著被他們打倒的那些男人。

然後他們讓那些男人在山村與西野面前下跪，乞求原諒。

看來他們澈底痛扁了對方一頓，讓他們失去反抗的意志……

儘管被人看到這種狀況也會出問題，但為了山村與西野著想，或許這麼做也是必要的。

龍園讓男人們發誓再也不會出現在山村與西野眼前之後，終於放了他們。

「這個小組不會讓人感到無聊呢。」

櫛田彷彿喃喃自語的一句話讓我印象深刻，只能表示同意。

5

我們在時間許可下盡情享受滑雪，在晚上七點前回到旅館。

雖然還沒有滑夠，但是感覺有點依依不捨說不定剛好。

第二天也即將結束，夜晚的時光一分一秒流逝。因為晚餐時須藤過來約我，便跟他一起前往大浴場，清洗身體後委身於溫泉之中。

「啊——！真爽快啊！」

對於平常在籃球社揮灑汗水的須藤來說，或許特別能感受到功效呢。

他反覆做出用雙手掬起熱水洗臉的動作，似乎是在洗掉疲勞。

「嗨。」

泡在浴池裡發呆一陣子後，A班的橋本來到我身旁。

我稍微舉起手回應，於是須藤也跟著舉手。

「哎呀……今天真的是累垮了。」

他看起來相當疲憊地轉動肩膀，深深嘆了口氣。

「發生了什麼事嗎？」

「還能有什麼事，小組裡的問題人物一直讓人很頭大啊。」

其實我從確定分組時開始，內心就一直很在意橋本那一組。

「畢竟有高圓寺在嘛。」

「答對了。自由活動的原則是所有人一起行動對吧？一般來說，正常人應該會一起討論行程，但是我們被迫陪那傢伙去他想去的地方。」

高圓寺顯然不是那種會乖乖聽話的人，看來這點在包括所有班級的小組這種環境下，果然還是沒變啊。

「你們今天好像是去可以體驗騎馬的牧場，原來那是高圓寺想去的地方嗎？」

「你怎麼會知道？哦……就算你目睹了那場騷動也不稀奇啊。」

苦惱的橋本將臉的下半部沉進浴池裡。

「我只有看到他飛奔而去，那之後高圓寺有好好回到牧場嗎？」

橋本維持沉在水裡的姿勢大約十秒鐘，然後聳聳肩浮出水面。

「大概花了一個小時吧。我們在精神上也沒有餘力去體驗騎馬，只能傻傻地等待。」

然後他開始說他們度過怎樣的自由活動時間。

似乎從一開始就是接連不斷的地獄，須藤雙手合十，低喃著請節哀順變。

「然後我們原本計劃中午要去電視上也很有名的店吃午餐，高圓寺那傢伙卻突然開口說要去滑雪。我們還沒空爭吵，他就擅自直接前往滑雪場了。我們已經精疲力盡到沒有餘力享受旅行，第二天就這樣結束了。」

聽起來實在很可憐。

倘若直接無視高圓寺，去那間有名的店吃午餐，就會變成小組違規。

「我想如果是跟他同班的你們，可能會知道一些應付他的方法吧。」

教育旅行也過了一半，只剩下兩天。

至少希望可以在第四天的自由活動時間選擇小組想去的地點吧。

「真的拿那傢伙沒轍啊。應該是無可奈何吧？」

須藤把內心的想法直接說出口。

雖然好像很冷漠，他只是跟高圓寺相處太久，已經放棄掙扎罷了。

「那麼綾小路，你有辦法嗎？」

「要說服高圓寺並不實際，老實說大概拿他沒辦法吧。」

「……真是殘酷的現實啊。」

「只不過，在逼不得已時有一個辦法。」

「什麼啊，告訴我吧。」

無論是多麼渺小的希望都好，橋本想知道脫離這種狀況的方法，於是如此追問。

只要能容許壞處，就可以保證自由活動的唯一一個辦法。

我說完那個辦法後，橋本也以認同的模樣點了點頭。

「哎，這表示就只剩這個辦法了。」

「你最好跟小組成員仔細討論一下要怎麼做。」

「我會那麼做的，我們會很認真考慮那個辦法。」

橋本在陷入沉思的同時再次消失到浴池裡。

6

我悠哉地盡情享受了大約一小時的大浴池，接著穿上浴衣，跟須藤從設置在更衣室的冰櫃裡各拿一瓶免費的瓶裝礦泉水，然後手扠著腰將水灌入喉嚨裡。冰涼的水滲進發燙的身體。

「好——綾小路，我……做好覺悟了。」

「也就是說你終於要行動了嗎？」

或許是因為泡澡泡太久導致血液循環加速，須藤的臉有些紅。或者也可能是他想像著接下來的事情感到緊張的緣故。到了要對堀北重新傳達自己心意的時候。須藤將剩下大概半瓶的水一飲而盡。

「噗哈！好，上吧！」

彷彿接下來要上場進行籃球比賽一樣，須藤「啪！」一聲拍打雙頰，激勵自己。

「然後呢？具體來說你打算怎麼做？」

目前時間已經過了晚上九點半。堀北應該還沒睡，不過這個時間應該很多學生都在房間跟朋友放鬆休息吧。雖然堀北給人不會跟朋友一起玩樂或吵鬧的印象，但是就算她用關懷的眼神守望其他人也不稀奇。

「這個嘛，我想想……總之我先試著用手機打電話給她。」

須藤緊握手機，同時鑽過門簾離開男生浴池後……立刻講起電話。

「……喔，啊，是我。妳現在人在哪裡？」

似乎沒有響太多次堀北便接起電話，須藤連忙發問。

「大廳的？那麼麻煩妳在那邊等我一下。那個……我立刻過去。」

結束通話的須藤呼吸急促，他一邊邁出步伐一邊看向我。

「旅館大廳有個販賣伴手禮的小專櫃吧？她好像就在那裡。」

「你可別一見到人就告白喔？大廳會有很多人看到，堀北也會傷腦筋吧。」

「我、我知道啦。」

告白可是一件大事，不只要顧慮告白的那方，也必須顧慮到被告白的那方。

「可是要在哪裡告白才好……」

「如果是通往後院的走廊，現在這個時間應該沒有人會過去吧？」

爬上從後院通往高台的階梯，有個可以欣賞景觀的小型木造露台。

只不過晚上九點後不能過去後院，所以那裡應該沒什麼人。

「不愧是你啊，綾小路，果然是出外靠朋友啊。」

須藤以緊張到不行的笑容豎起大拇指。

看起來坐立難安的須藤快步抵達大廳後，發現堀北似乎停止挑選伴手禮，正在附近等他。另一方面，我則是保持距離，在死角的位置停下腳步。

大廳有一名工作人員，還有幾名學生正在挑伴手禮或是坐在椅子上談天說笑，讓人重新感受到這裡果然不適合告白。

須藤努力配上比手劃腳的動作，似乎成功把堀北叫到通往後院的走廊，只見他們兩人並肩朝著那邊走去。

其實應該停在這邊比較好，但要是被須藤質問也很麻煩。於是我極力壓低腳步聲，為了見證須藤的英姿尾隨他們。

過不了多久，周圍就跟我猜測的一樣沒有其他人，他們在空無一人的走廊中間停下腳步。

「怎麼了嗎？」

堀北轉過頭，露出一臉不可思議的表情。或許是稍早也同樣泡過澡，即使在微暗的的燈光下也能看出她的頭髮閃耀亮麗的光澤。

「這裡就行了。」

即使須藤的賣點是光明正大的態度，在喜歡的異性面前似乎還是會緊張，他的音量很小聲。夜晚的旅館只有溫和沉靜的ＢＧＭ以及安靜的說話聲，即便是沒人的地方，還是會想避免忽然大聲說話。這樣的音量應該正好吧。

「我……那個……」

須藤吞吞吐吐的態度，讓堀北感到不可思議似的偏了偏頭。

目前看不出她有感到煩躁或是催促須藤的態度。

這也顯示出堀北與須藤兩人建立起來的信賴關係不是嗎？

如果是剛相遇時的堀北，應該會不由分說地催促須藤講重點。

這時，我的手機開始震動。

即使調成靜音模式，在這麼安靜的環境也有可能被聽見。

因此我沒看螢幕就立刻關掉手機電源。

看來應該——沒有被發現吧。總之暫且可以放心。

「欸，鈴音，我……有在改變嗎？」

還以為須藤要開口告白，但是只見他像是勉強擠出聲音般詢問。

「跟妳相遇時的我與現在的我，究竟有多大的差別……我很好奇這點。」

「你還是很在意周遭的眼光嗎？」

「這也是原因之一。」

面對本人時，直到能夠鼓起勇氣告白前的串場對話。

與此同時，這應該也是須藤本身一直很關心的事。

「我想想。客觀來看，你比任何人都有更大的變化。而且不是朝壞的方向，而是朝好的方向在改變呢。畢竟在你旁邊觀察了這麼久，我可以替你掛保證。」

這是堀北的真心話。

不，不只是堀北，應該是與在學校生活的大多數人都有相同的意見吧。

「這、這樣啊。」

「但是你可別因此而鬆懈。說得不客氣一點，原本的你是以比周圍眾人更糟糕的狀態起跑。就算之後累積了許多正面評價，還是不能輕易認為自己變成比別人更厲害的人。」

從負面形象轉正的巨大反作用可以蒙混周遭的人，讓他們給予高評價。

但是正如同堀北所說，堆積起來的負面形象並不會因此消失。

「說得也是啊。哎，我是真的這麼認為。」

儘管這番嚴厲的發言讓須藤感到沮喪，他還是誠懇接受，點頭同意。

「自己以前做過的蠢事讓我覺得很羞恥啊。」

遲到缺席、拿到最後一名的筆試、破口大罵與輕率的暴力行為。

無論回顧幾次，過去都不會改變，還有應該感到羞恥的自己走過的路。

「看來你能虛心接受別人指教呢。」

堀北點點頭，然後溫柔地瞇細雙眼，朝著須藤露出微笑。

雖然本人大概沒有注意，堀北也變了不少。

變化之大，與須藤相比也不會遜色太多吧。

「你已經不會再毫無意義地傷害別人或讓人感到困擾。沒問題的。」

看來堀北似乎解釋成須藤是對自己的成長和過去感到迷惘，為此尋求建議的樣子。須藤應該也感受到這點吧，他連忙搖頭。

「不、不是的，鈴音。」

「不是？」

「我是……我是……那個……」

或許是回想起向我宣言的事，須藤猛然伸出右手。

但是他的話語沒有跟上動作，只有伸出張開的手一直停在眼前。

「什麼？這是什麼意——」

就在無法理解的堀北正想要詢問右手的意義時——

「我喜歡妳！請跟我交往！」

須藤從試圖壓抑喉嚨的羞恥心中獲得解放，成功把心意化為明確的話語。

雖然聲音很大……關於這點就睜一隻眼閉一隻眼吧。

萬一有人聽見靠了過來，只要我先察覺並且擋住就行。

「咦——」

壓根兒沒想到會被告白的堀北，只能不知所措僵在原地。

「假如妳願意跟我交往，希望妳可以回握我的右手！」

「等等……你這是，認真的……？」

堀北原本打算反問，但是她立刻把話收回去。

因為她感受到須藤的熱情與幹勁，還有心意是貨真價實的，讓她明白要是說出「這是在開玩笑吧？」這種話非常失禮。

堀北注視著須藤的右手，緊閉嘴唇。

原以為她會立刻回答，但是堀北盯著須藤的右手陷入沉默。

這陣沉默持續得越久，告白的須藤心跳應該也會越來越快。

這是一段絕對無法說是舒適的痛苦時間吧。

只不過也要給堀北思考的時間。

所謂的告白只靠其中一邊的心意是無法成立的。

之後堀北似乎在內心整理好思緒，像在慎選用詞似的緩緩開口：

「至今從未想過會有人向我告白。」

明白須藤熱切的心意之後，堀北會怎麼回應呢？

她會接受，還是拒絕呢？

或者也有暫時保留這種選項嗎？

隨著沉默時間拉長，須藤的右手開始慢慢顫抖。

那並非因為手麻，而是緊張與恐懼。

對方究竟會不會接受？還有對於沒有回答的焦慮感。

儘管如此，須藤還是相信對方會回握自己伸出的手，一直低著頭。

「須藤同學，謝謝你喜歡上我這樣的人。」

堀北如此述說感謝。

不過她並沒有表現出回握那隻右手的動作。

「但是，對不起。我……沒辦法回應你的心意。」

這就是堀北思考之後得到的結論。

「這、這樣啊……如果方便，可以至少……告訴我理由嗎？」

須藤不敢抬頭，右手停在空中如此問道。

「理由……也是呢。我並不是對須藤同學有什麼不滿──」

堀北話說到一半，暫停了一下。

「老實說，我至今不曾喜歡過別人，現在還沒有那種感覺，對於那是怎樣的東西也毫無頭緒。我想倘若跟向我告白的須藤同學交往，或許也有可能日久生情，變得喜歡上你。但是……我大概在等待出自本能喜歡某人的瞬間，而不是這種被誘導的感情。」

堀北像在確認自己的心情一樣，如此告訴須藤。

這就是她拒絕的理由。

想要繼續等待初戀的願望。

這一定是不會告訴毫無關係的外人，隱藏起來的感情吧。

「這樣啊……謝謝妳告訴我。」

似乎因為堀北明確地說出理由，須藤沒有死纏爛打。

「我非常強烈地感受到你的勇氣與心意。」

如此說道的堀北連忙抓住須藤快要無力垂下的右手。

「我確實收到你的心意了。謝謝你喜歡我這種人。」

須藤顫抖的右手述說著一切。

我認為是時候了，決定折返回去。為了等待心情平靜下來之後歸來的須藤，我先到伴手禮專櫃物色些東西吧。

7

我還沒逛過的伴手禮專櫃陳列著各式各樣的北海道伴手禮。

「這麼說來，記得七瀨說過她想要外層塗有巧克力的洋芋片啊。」

我試著尋找那是怎樣的東西，但是不知旅館是否沒有販售，沒能找到那樣的東西。

既然這樣，得趁明天造訪觀光景點時順便找，或是在最後一天的自由活動時尋找呢。

為了尋找販售的店家，我決定用手機搜尋看看。

「唔喔……」

如此心想並打開電源確認手機後，一口氣冒出大量的訊息與來電履歷。

當然是惠傳來和打來的。

『你人在哪裡？』

『昨天跟今天都完全見不到你。』

『在忙嗎？』

『好想見你唷。』

『好想見你唷喔喔喔喔。』

諸如此類，我一打開應用程式，每隔幾秒就傳送過來的訊息同時標上已讀。

隨後電話立刻響起。

『唔——————！』

如果形容這種感覺就像貓的低吼聲，不知以譬喻來說是否恰當呢？

「妳在生氣嗎？」

『我才沒有生氣！』

原來如此，唯一可以確定的是她非常生氣。

『你應該可以再多找點時間陪我吧！』

「抱歉，雖然是在教育旅行，但是有很多該做的事情啊。」

『或許那也是無可奈何啦！』

「我有確實從櫛田那裡收到第十一小組的情報，已經確認過妳周旋得很順利。所以就擅自感到放心了。」

『哦～～？看來你跟櫛田同學玩得很開心呢！畢竟她很可愛嘛！花心男！』

「我跟她同一組啊，這也沒辦法。而且妳也知道櫛田是個怎麼樣的人吧？」

『那種事才沒關係，再說她胸部也很大！……清隆你……啊～！』

「知道了、知道了。現在我可以抽出一點時間，我們找個地方碰面吧。」

『真的嗎？那我去找你玩吧！』

惠非常現實，立刻恢復開朗的聲音。

「別那麼做比較好吧？我的房間還有龍園。」

『啊……對喔。』

「妳現在人在哪裡？」

『我在房間裡，其他三個女生大概還在洗澡吧。我直到剛才都跟她們在一起。但是想跟你聯絡就先回來了。』

惠以前很在意身體的傷痕，看來似乎澈底看開了。

「我負責保管房間的鑰匙，所以我先回房間一趟。之後我會聯絡妳，妳先等我一下。」

『嗯！』

我在伴手禮專櫃等了須藤將近五分鐘。因為他一直沒有要回來的跡象，覺得很不可思議的我決定去通往後院的走廊看一下情況。

只見須藤獨自站在跟告白時同樣的位置。

因為沒看到堀北的身影，應該是已經回去了吧。

「須藤？」

一方面也是因為惠在等我，雖然覺得抱歉，我還是主動靠近並向他搭話。

「啊——可惡！」

假如只聽聲音，他有可能露出煩躁的表情，不過——

「果然還是不行啊……！」

轉過頭來的須藤臉上雖然帶著懊悔，但是看起來神清氣爽。

「哎，抱歉。我忘不了鈴音的手的感觸，一直在發呆。」

「原來是這樣啊。」

「你看到了嗎？我澈底慘敗了。」

「就算這樣，也是值得誇耀的犧牲。」

我看到一場充滿男子漢氣概的告白。

「就算告白被拒絕，我本來也不打算放棄。像是等明年讓她看變得更強大的我，然後再次告白之類的，本來也這麼想過。但是看來行不通啊。至少被迫體認她對我來說遙不可及。」

須藤似乎感受到某些在遠處看著的我無法明白的事情。

「不是放棄或不放棄的問題。雖然我喜歡她的心情還是沒變，該怎麼說呢，總覺得她會變成那種遙不可及、令人嚮往的花朵。」

儘管須藤好像沒辦法有條理地做個總結，但是他還是說出口並且稍微笑了一下。

「小野寺那邊你打算怎麼辦？」

「那種事我哪知道啊。你不是也聽到了那傢伙的真心話嗎？」

「說得也是。」

「哎，船到橋頭自然直啦。小野寺是個好人，我們的興趣也合得來。我現在也不會因為鈴音的事情滿腦子歪主意，感覺可以平等跟她相處。」

至於會不會發展成戀愛則是其次吧。

「話先說在前頭，今後我也會勤奮念書喔。雖然至今都是為了別人在努力，但從今天開始，是為了我自己盡全力用功。當前的目標應該是平田吧。」

「你還真是胸懷大志啊。」

假如須藤跨越那道高牆，他的對手就會只剩堀北和啟誠這些學年頂尖階級。

看來他並沒有因為被甩便委靡不振，而是放眼更遠大的目標。

8

我快步回到客房後，只見堀北站在房間前面。

「妳在做什麼啊？」

「我在等你喔。」

「等我？」

我有種不祥的預感，因此故意裝傻，但是堀北的表情十分僵硬。

「綾小路同學也真是壞心眼呢。你一直在旁看著吧？」

「妳在說什麼？」

「你剛才在伴手禮專櫃對吧？一般來說只會覺得是碰巧人在附近，可是就你的情況來說，我不認為那是巧合。」

她的想法也太偏頗了吧。只不過她說得沒錯就是了。倘若今後要對堀北採取類似的手段，得避免被她發現才行。

「你在想下次要注意不被看見吧，我很明白喔？」

「……厲害。」

我老實地拍手，讚賞她犀利的猜測。

「那是須藤拜託我的，希望我守望他告白的場面。」

「就算是這樣，你不覺得那麼做沒有顧慮到女方——沒有顧慮到我的心情嗎？」

「我也不是沒有那麼覺得。」

「須藤同學還有得學呢。拜託你觀摩的部分要扣分。」

儘管感到傻眼，堀北看起來並沒有很生氣。

「然後呢？妳是為了跟旁觀的我抱怨，才特地來到這裡嗎？」

「對呀。」

她又毫不客氣地如此回答。

「沒有啦，有一半是開玩笑。其實我真的有事要跟你說。但你好像很想進房間呢。」

「我並不是很想進房間……可以的話能不能明天再談？」

「為什麼？」

「事先約好的客人一直在催了。因為我這兩天完全沒有陪她，對方十分生氣。」

「原來如此，是輕井澤同學呢。」

堀北原本是打算大部分的事都要我之後再處理吧。只見她陷入沉思。

「那就明天晚上。如果你能跟我約定在這個時間來見我，那就放過你。」

「知道了，一言為定。」

因為這種情況沒有除此之外的選項，我只能這麼回答。

將鑰匙交給待在房間裡的鬼頭，前往惠的身邊。雖然已經有很多人知道我們是公認的情侶，但也不像池和篠原那樣大家都知道。

我們決定碰面的地方是有好幾個包場浴池的區域。

之後一跟惠會合就被狠狠罵了一頓，於是我立刻把進入撒嬌模式的惠擁入懷裡讓她心情變好，暫時度過一段悠閒的時光。

教育旅行第三天

早上九點搭巴士從旅館出發後，過了將近五十分鐘。

巴士停在札幌車站附近，抵達即將成為今天起點的目的地。

這裡也設有札幌市鐘樓，林立著許多適合觀光的名勝景點。

雖然今天一樣也是各小組分別行動，但是有一點跟昨天為止不同。

校方安排了一個小測驗。就是要在限制時間內（到下午五點為止）從事先決定的十五個目的地當中造訪六個景點，無論是怎樣的組合都行。

抵達各景點的指定拍照地點，所有小組成員一起拍攝紀念照後，才會承認造訪了一個景點。就是要重複這樣的行動。

這種規定是要讓刻意打散小組成員，想靠作弊的方式獲得分數的小組，還有無法共同行動，有成員會恣意妄為的小組沒辦法過關。

喪失資格的條件只有在限制時間內造訪的景點不滿六個的情況。倘若喪失資格，就會剝奪在教育旅行第四天自由活動的權利，必須留在旅館裡開讀書會，直到下午四點為止。

此外，各個景點設有分數，能夠在六個景點獲得合計二十分以上的小組，所有成員都可以額外獲得三萬點個人點數的報酬。只不過得分多寡並不會影響到喪失資格，所以是否要以報酬為目標，就交給各小組自行判斷。

還有照片不夠清晰，無法特定人物等情況是不算數的。先不論是否要以報酬為目標，如果想盡情享受明天的自由活動，學生們就必須認真合作造訪這些景點。

除此之外，不會限制大眾運輸的利用次數，然而禁止搭計程車移動。也需要記錄小組是用什麼方法造訪景點。

以學生們的立場來說，這個第三天也是自由活動會比較開心吧，但我個人認為像這樣以校方給予的條件為基礎逛逛北海道也不錯。

如果只是單純讓我們自由活動，教育旅行就會在只有逛少數幾個觀光景點和滑雪的狀況下結束。能夠藉由強制力到處逛北海道，讓我純粹感到期待。

從巴士下車的時候，領到一本觀光手冊。

那似乎是校方自製的觀光手冊，上面寫著這裡值得造訪的景點。

札幌市鐘樓、札幌電視塔與北海道立近代美術館是一分。中島公園與北海道神宮是兩分。札幌市圓山動物園、北海道博物館與中央批發市場場外市場是三分。莫埃來沼公園與白色戀人公園是四分。藻岩山是五分。太陽廣場水族館是六分。定山溪溫泉是七分。然後支笏湖跟宇多內湖則是八分。

只不過必須注意並非抵達景點就沒事了。

如果是去札幌市圓山動物園，就必須進入園內與北極熊或是以北極熊館為背景拍照，才算達成景點巡禮的條件。

「總覺得嚇了一跳呢。該說很像這所學校的作風嗎……」

走下巴士的櫛田向我搭話。不知為何，她看著其他方向。

「我在這邊喔。」

「啊，抱歉、抱歉。我根本認不出來呢～」

那是不可能的吧，不，她這麼說的時候也沒有看向我。

本人似乎也強烈意識到這樣很不自然，於是轉過頭來露出笑容。

「若是不好好做就要被讀書會耗掉一天的時間，實在很吃虧呢。昨天會毫不設限地讓我們自由活動一整天，大概也是因為跟這個景點巡禮測驗有關吧。」

「說不定是那樣呢。」

那麼，問題在於我們第六小組要採取怎樣的選擇。

雖然教育旅行前就有提到景點巡禮的行程，但是我們剛剛才在巴士裡聽說這是賭上自由活動的小測驗，還有個人點數報酬的事。換言之，目前還沒有決定好小組的方針。

以個人點數報酬為目標行動的小組，也有可能碰到趕不上限制時間的狀況，無法避免伴隨而來的風險。

好像也有小組留在原地討論，不過幾乎所有小組都朝著同一個方向邁出步伐。

「果然很多小組都會先前往近在眼前的札幌市鐘樓呢。」

雖然也有以高得分的支笏湖或宇多內湖為目標的戰略，但是風險很高。

「畢竟邊走邊討論也比較有效率嘛。」

以正統行程來說，就如同櫛田所說的一樣，從札幌車站前往鐘樓在指定地點拍照後，再從大通公園前往電視塔前，應該是一開始最安全的行程。

能在短時間內不用花錢就造訪兩個景點。

不過目前還不清楚在以二十分以上為目標的過程，這樣的行程安排是否理想。

之後我們第六小組的八名成員也都下車了。

「我剛才試著用地圖應用程式簡單搜尋一下，就算能搭計程車，想要逛高得分的六個景點，好像也會輕易耗掉好幾個小時。」

網倉提出的計算大概沒有考慮到抵達拍照地點需要的時間等等。

就算完全活用大眾運輸，要在時間內只逛高得分景點是不可能的吧。

「有誰對北海道很熟的嗎？」

渡邊如此詢問第六小組的成員，但是沒有理想的回應。

我也跟其他學生一樣，不具備北海道的移動方式和有效率的手段等知識，因此如果不調查一下，也無法推論出要用什麼方式逛哪些景點才是最有效率的。

「嗯～～就算想用地圖應用程式安排路線，因為不曉得哪裡有什麼，順序會一團亂呢。」

網倉似乎正一邊跟地圖應用程式奮鬥，一邊隨意輸入目的地。

因為景點是從目前所在位置朝著東西南北四處分散，所以必須先從掌握相關位置著手吧。而且沒人能保證搭乘大眾運輸一定可以抵達景點，再說校方也有可能壞心眼地在手冊上列出的景點一覽當中，準備了難度較高的景點。

「即使能拿到個人點數，也才三萬嘛。難得來逛觀光景點，就忘了報酬這件事，好好享受旅行也不錯吧？」

渡邊的提議也是正確答案之一。

如果只為了在時間內賺到二十分而造訪景點，樂趣就會減半。

也沒空好好欣賞當地才有的景色。

「所以說，我是不用勉強自己趕行程派。」

「我也覺得去個人想逛的地方比較好呢。也想去動物園之類的。」

平常生活在學校裡的學生們根本沒機會去逛動物園或水族館。

不想浪費這個難得的機會也是很自然的。

「先聽聽看大家想去哪些地方，然後試著安排行程吧。」

網倉提議在無視得分的狀態下，先徵求大家想去的地點。於是包括我在內，有六個人很乾脆地放棄得分，一致同意悠哉造訪最低限度數量的景點。

不過這是必須由所有小組成員一起討論決定的事。

還剩下鬼頭與龍園沒有發表意見，他們直到目前為止沒有贊成也沒有反對。

「鬼頭呢？」

渡邊開口向一直貫徹沉默的鬼頭確認。

「我沒有異議。」

詢問之後得到善意的回答，因此渡邊等人暫且鬆了口氣。

這下就有七個人了。身為最後一個人的龍園——沒有回答。

「啊……呃……」

因為渡邊猶豫著該不該問，就變成由我來向龍園確認答案。

「所有人的意見都一致了。可以把你的沉默視為同意嗎？」

不過龍園可是宣言要存八億點，自然可以想見他的答案。

「我要拿到分數。」

十分簡潔的回答，也就是說他把與其他七人對立的方針化為言語。

當然了，要怎麼看待這趟景點巡禮是個人的自由。

應該也有小組會為了個人點數，以景點巡禮為優先吧。

只不過如果像這樣意見分歧，必然得花更多時間討論。

因為渡邊畏縮得更加厲害，我決定繼續問下去。

「姑且聽一下你的理由吧。」

「這還用說，當然是為了個人點數。我可不認為那只是區區三萬。」

各班會獲得的點數，是兩人加起來共六萬點。

以八億的比例來看，雖然只是杯水車薪，可以聚沙成塔這點也是事實。

「沒有理由不撿掉在眼前的錢吧。你們閉嘴服從我就對了。」

這個景點巡禮即使有因管理不善導致時間到或得分不夠的風險，基本上不存在壞處。只要遵循規則達成目標，就能從校方那邊獲得個人點數。換言之，只存在加分要素而已。

不去拿可以拿到的東西，這種行動等於吃虧是明確的事實吧。只不過對於龍園這種無視其他七人意願的強硬態度，鬼頭當然不可能保持沉默。

「你是要大家為了讓你滿意都乖乖服從嗎？」

「對，不行嗎？」

「這是無視民主主義的做法，我認為這種情況應該是由多數決來決定的問題。」

「關我屁事，這個小組什麼時候變成民主主義啦？」

「話說到底，我無法理解你會執著於零錢這件事。總覺得難以置信。」

「既然這樣，那你認為這是怎麼回事？」

我已經懶得算這是第幾次了。

沒有人能夠插嘴龍園與鬼頭的爭執。

「我只覺得你是不爽小組成員意見一致，為了製造混亂才這麼說的。」

「原來如此，實際上或許是那樣吧。能看見你一臉不滿的表情也不錯啊。」

要是只讓這兩個人繼續說下去，很快會朝著危險的方向猛衝。

「利用大眾運輸多少也需要花費個人點數。如果扣除這些費用，最終一個人可以拿到的個人點數不到三萬，這樣你也堅持要拿嗎？」

目前還不知道詳細金額，但可以確定需要某種程度的支出。

「我堅持。即使報酬會只剩將近兩萬，也不打算放棄這筆點數。」

回過神來才發現巴士周圍只剩下我們這個小組。

「在我們爭論的這段期間，寶貴的時間也一直在流逝。鬼頭，你應該明白這點吧？」

快點認同我的意見，然後調查適合的路線吧——龍園散發強烈的壓力。

當然了，這種提油救火的發言不可能讓鬼頭乖乖聽話。

「我拒絕。假如你固執於個人點數，打算無視多數人的意見，我便不打算協助這次景點巡禮。也就是說你不但拿不到個人點數，還無法避免明天被剝奪自由活動時間。」

看來鬼頭似乎打算澈底反抗，斷言自己不會接受龍園的意見。

他再次這麼強烈抗議。

「咯咯，鬼頭，會變成少數派的人是你。反正隨著時間經過，他們也只能乖乖服從我啦。」

他們打算在沒有任何好處的起點比誰比較會忍嗎？

要推動固執己見的龍園，直接轉換成收集個人點數的方針是最輕鬆的。對其他六人而言有三萬收入也並非壞事，不是只有壞處而已。

而且如果明天的自由活動時間能獲得保障，也能彌補今天沒有好好逛到的觀光景點。

只要除了鬼頭以外的六人傾向龍園那邊，那就會變成多數人的意見。

「就算勉強所有人站在你那邊，我也不會服從。」

這麼一來，形式上就是七對一，鬼頭會變成反派。

「要是你打算一個人毀掉這個小組，或許很值得放棄這筆錢吧？」

「正合我意。」

鬼頭彷彿想說他已經很習慣當反派一般，絲毫沒有退縮的樣子。

「冷、冷靜一點啦，鬼頭。連自由活動時間都沒有實在……！」

至今為止一直畏畏縮縮的渡邊也不得不插嘴。

「那麼你設法籠絡龍園吧。」

「唔……」

渡邊苦惱著該如何是好。

「對、對了，西野，身為同班同學，妳好好地說龍園一頓吧。」

「要說他一頓很簡單，但是那傢伙不可能因此改變主意吧。我不會做沒用的事情。」

與龍園認識較久的西野已經能想見之後的結果了吧。

畢竟她認為事已至此，根本束手無策，很早就散發放棄的氛圍了。

「……欸，可以借一步說話嗎？……你覺得這種狀況該怎麼辦才好？」

櫛田拉著我的手，在有點距離的位置對我耳語。

「雖然覺得服從龍園好像穩當，可是鬼頭又變成那個樣子。就算這樣，即使配合鬼頭，龍園也不會改變主意。真是群自私的傢伙呢。」

似乎是黑暗的部分外洩，櫛田直呼兩人的名字。

「也不是沒有解決的方法。」

「是嗎？」

「只不過如果可以，不太推薦那麼做就是了。」

「姑且還是告訴我好嗎？」

「龍園想要的是個人點數，不在乎觀光。另一方面，我們七人想要去想去地方，好好享受觀光。鬼頭的意見也偏向我們這邊。」

「嗯，剛好相反呢。」

「既然這樣，七個人自掏腰包就行了。鬼頭大概會反對，所以實際上是六個人吧。只要一個人拿出五千點個人點數給龍園，他就不會抱怨了吧？」

「啊，原來如此，也有這種解決方法呀……」

但是以龍園的性格來說，只付他一個人三萬，說不定不會接受吧。

我繼續向櫛田耳語，告訴她這麼做的風險。倘若這個小組領到報酬，各班會得到六萬點。換言之，龍園應該至少會要求也要給跟他同班的西野三萬。即使西野謝絕這筆錢，結果龍園還是會為了中飽私囊要求我們支付吧。

這麼一來，其他五人就要負擔六萬點個人點數，平均一個人要支付一萬兩千點個人點數。為了享受觀光卻要支付這麼一大筆錢，也會讓人心生抗拒。

「代價不便宜……呢。」

原本應該只有好處的景點巡禮，演變成吃大虧。

並且開始懷疑之後能否開心享受觀光。

除此之外，多數派屈服於少數派強硬的態度，以小組來說也只會創下糟糕的前例。

「還有最糟的情況是必須考慮到龍園主張要給他更多錢的風險。」

「啥？開什麼玩笑……但是那傢伙很有可能那麼做……」

「就是這麼回事。」

「我非常明白綾小路同學想說的話了，難怪你不推薦這麼做呢。」

「最好的做法是不要任何小把戲，統整大家的意見吧。」

「要和平討論可不簡單唷。應該說不可能吧？」

的確，很難想像龍園和鬼頭會輕易讓步，肯定會卡在他們那關。

「對了，乾脆來比誰比較會忍如何？要收集到二十分以上，就必須拚命趕行程才行吧？要是在這邊耗掉三十分鐘或一小時，要達成目標就很困難了。」

耗掉為了在景點得分的緩衝時間的戰略嗎？

只不過這個選擇也隱含各種問題。

「就算龍園判斷時間不夠用，也沒人能保證他之後會乖乖參與景點巡禮，享受觀光。結果還是小組分崩離析，明天的自由活動時間肯定會泡湯吧。」

「啊……對喔，畢竟這麼做太明顯了。」

這時能夠採取的手段並不多。

只能做好多少有點風險的覺悟，致力於整合大家的意見。

「我也不想捨棄寶貴的今天。為了能夠行動，只能接受伴隨而來的痛楚吧。」

「……你要怎麼做？」

雖然做出一個結論，但是在那之前我察覺到一件重要的事。

即使是為了避免周圍聽見，我跟櫛田距離很近的狀態持續太久了。

我們兩人顯然在講祕密的模樣明顯展露在大家面前。

「你……是跟輕井澤在交往對吧？」

渡邊稍微瞪著我看，同時如此說道。網倉也沒有好臉色。

「我們在開作戰會議。沒錯吧，櫛田？」

「當然嘍。我剛剛跟綾小路同學意見一致了，對吧？」

如此說道的櫛田迅速遠離我。

就好像以明確的動作遠離討厭鬼一樣的誇張舉動，讓人感覺不太舒服。

但是這樣似乎讓渡邊等人信服了，所以是正確的行動吧。

我重新打起精神，走近一直瞪著龍園的鬼頭，與毫不介意地看著手機的龍園身邊。然後背對他們兩人，與其他五人面對面。

「我有件事想重新跟除了龍園與鬼頭以外的成員確認。想再統計一次現階段大家的意見。要以觀光為優先，還是以個人點數為優先？如果有人改變主意，想以個人點數為優先請舉手。沒有必要察言觀色，表示自己的意見就行了。」

渡邊等人各自觀察其他人的樣子，但是沒有一個人想舉手。

看他們的態度就能知道，似乎沒有人在撒謊啊。

也就是說他們都想以觀光為優先，沒有人贊同以高得分為目標的方針。

「那又怎麼樣？綾小路，不管你們怎麼說，我都不會改變主意喔。」

我知道就算沒有人站在你那邊，你也毫不在乎。

「不好意思，現在我想跟他們五人說話。」

我回頭看了一下，然後立刻將視線從龍園身上移開，朝著其他五人繼續說道：

「既然已經演變成這種狀況，我的結論是八個人的意見不可能統一，繼續討論也只是浪費時間而已。」

「那麼你打算怎麼辦？要我們配合龍園嗎？」

西野身為想觀光的人之一，毫不掩飾她的不滿。

「不，那是不可能的。雖然我們應該最大限度尊重個人意見，不過既然是小組行動，發言權的效力只有八分之一。此外也必須是這樣。鬼頭反對龍園的意見終究也只是八分之一。即使不加人我的意見，在這裡的五個人也擁有超過半數的八分之五的發言權。」

「這種事我們知道啦。但是那樣討論不會有結果，所以才會傷腦筋吧？無論是八分之一或八分之五，所有人都必須做相同的選擇才能前進啊。」

「是啊。只不過有權決定如何處理這種狀況的，無庸置疑是你們五人。如果無法贊同龍園的做法和想法，就沒必要服從他。也就是說你們能夠讓他放棄獲得個人點數這個選擇。只要現在立刻捨棄參與景點巡禮的想法，各自自由觀光就行了。」

「……意思是要捨棄明天的自由活動時間？」

「答對了。就算在這邊按照龍園的企圖行動，結果也沒人能保證明天的自由活動可以去小組想前往的地方。要是龍園說他不會離開旅館，到時候這個小組就連外出都辦不到。另一方面，今天的自由則是可以獲得保障。」

「但是只到五點吧？」

「不對。只到下午五點是指參加景點巡禮，考慮到明天想自由活動的小組要注意的事情。必須返回旅館的門禁時間是晚上九點，我們有權在九點之前隨心所欲行動。而且也可以每個人隨意行動。去找比較要好的朋友所在的小組，加入他們也不錯吧。校方無法責怪這種行為。」

也就是捨棄第四天，把第三天變成沒人模仿得來，完全的自由活動時間。

這就是只有他們五人才有的絕對權限。

「決定怎麼做的人不是龍園或鬼頭，希望你們可以仔細思考這件事。」

「……說得也是呢。」

櫛田沒有進行多餘的對話，看到成員們的眼神便確信五人的意見達成一致。

「龍園同學，我們果然還是不會以獲得個人點數為目標。因為今天想要大家一起討論想去的地方，度過快樂的一天。假如你主張無法服從多數，那麼接下來大概就是大家各玩各的。至於之後有什麼下場，就像綾小路同學剛剛說的一樣唷。明天可能就大家一起和樂融融地參加讀書會吧。」

這番話讓西野笑了出來，網倉和渡邊，還有山村也像是做好覺悟似的點頭同意。

鬼頭彷彿是在呼應這個想法一般略微揚起嘴角。

「很棒的提議。也算我一份吧。」

至今只因為對上龍園的反抗心而反對的鬼頭，選擇站到五人這邊。

所有人都做出結論後，這顆球才首次實際傳到龍園手上吧。

看是要服從櫛田等人的意見放棄個人點數，或是反抗其他人就此解散。

無論選哪一邊，都拿不到他想要的個人點數。

豈止如此，甚至還會附帶明天的讀書會。

「綾小路，你真是多管閒事啊。」

雖然嘴巴表示不滿，但是看起來不像真心感到不滿的樣子。

就在周圍的人來看，大概只覺得龍園是在逞強吧。

「我可不想出門旅行了還要繼續讀書，就聽你們的吧。」

原本以為龍園也有可能反抗到底，然而他讓步了。

假如小組解散可以獲得個人點數，他應該會毫不猶豫地那麼做吧，既然知道沒有好處，他選擇了迴避麻煩。

之後我們第六小組在遵守學校指示的同時，走訪市區周遭景點和有人表示想去的動物園，進行了一趟很像旅行的旅行。

結果儘管取得的分數不到二十分，卻是一段讓人心滿意足，很有意義的時光。

1

第三天的晚餐。到昨天為止的這兩天，早餐和晚餐都是日式定食與懷石料理，但是從今天晚上到即將回家的後天早餐，都變更成吃到飽的Buffet（自助餐）形式。當然了，這是我人生當中第一次體驗吃到飽。

關於用餐方面就跟昨天為止一樣，不需小組一起行動，因此可以自由找空位坐下來吃飯。已經有許多學生拿著托盤人擠人地到處走動。我的女友惠今天也跟許多女生一同行動，有時還能聽見她的笑聲從遠方傳來。

能夠一個人行動，不用顧慮太多的我觀察周圍的學生們學習用餐規矩。

看來流程似乎是先拿起一個疊在旁邊的托盤，接著在托盤上自由組合放在各道料理旁邊，用途各不相同的餐具，然後沿著規定的路線依序取用料理。

我首先放一個沙拉碗，接著在碗裡裝入萵苣、番茄、洋蔥、酸黃瓜等等。

好像有五種沙拉醬可以自由選擇，因此我選了洋蔥沙拉醬。

「……真有趣啊。」

與會出現固定內容的餐點不同，自己精挑細選的菜色會顯現強烈的個性。

我不禁想拿重視營養均衡的料理。另一方面，周遭的學生們有人會配合一起用餐的成員拿一樣的東西，也有人會一次少量拿取多種料理，真的有各種不同的取餐模式。

我接著排隊拿配菜，於是陸續有學生開始聚在後排隊。

因為是比較早吃的晚餐，原本以為學生應該還很少，但是恰巧相反。

看準開門時間前來吃飯的學生似乎比較多。

雖然是主打日式料理，也有牛排、燒賣和玉米濃湯等料理。

「唷，綾小路，你該不會打算一個人吃飯吧？」

就在我要吃的料理都拿得差不多，準備找座位的時候，兩手空空的石崎向我搭話。

「我是那麼打算。」

「那麼跟我一起吃吧。剛才也找了西野那傢伙，因為看她一個人。單獨吃飯很寂寞吧？」

「不……好吧，也是。」

因為也沒什麼理由拒絕，對於石崎的一番好意就恭敬不如從命吧。

石崎帶領我前往座位，跟著他走，便看到西野輕輕舉手。

而且阿爾伯特好像也在，感覺隔著太陽眼鏡跟他對上視線。

有個托盤上面放滿大量的餐點，我猜應該是石崎的吧，我坐在那個托盤的隔壁座位。

「那麼我還要再拿一點，你們先開動吧。」

他向我搭話時之所以兩手空空，是因為準備去拿東西嗎？

石崎嘴裡哼著歌，再次回到排列許多食物的地方。

「聽說妳也是被石崎的雞婆邀請過來的。」

「我拒絕了，但是他實在太纏人。」

「他是那種不能扔下同伴不管的類型吧。」

「這可難說。剛入學沒多久時還滿陰沉的，而且更難相處。」

的確，他最近給人很開朗的印象，可能跟剛入學時不太一樣吧。

因為我跟他幾乎沒有交集，老實說沒什麼印象就是了。

「他當初好像很討厭龍園，或許是反抗精神太強了也說不定。」

雖然之前好像因為受到壓抑而不知道，恐怕那就是石崎原本的模樣吧。

就某種意義來說，給人的印象一直沒變的，或許是一直默默吃飯的阿爾伯特。

他的大手靈活地運用著筷子。

「好耶！我拿螃蟹來啦！可以盡情吃螃蟹啦！」

回來的石崎把大盤子放在托盤上，而且大盤子上還堆滿大量螃蟹。

他把大盤子放到桌上的力道，導致一隻螃蟹腳掉在托盤上。

「說到北海道就想到螃蟹吧。因為大家都看準了這些螃蟹，我趕緊去搜刮一些。」

「……好驚人的量啊。」

「你真的很沒水準呢。」

的確，在五花八門的菜色當中，有許多學生聚集在螃蟹那邊。

我因為不想擠進那群人當中，於是放棄在第一輪去拿螃蟹。

「說什麼沒水準啊。這裡可是Viking（吃到飽）喔，Viking！可以想吃啥就拿啥耶！」

石崎主張不拿就吃虧的論點。

「首先你那種Viking的說法真是太遜了，可以別說了嗎？」

「啥？不叫Viking要叫什麼啊。」

「這叫Buffet啦，Buffet。」

「補費？不，那樣比較遜吧？什麼跟什麼啊。」

這應該是稱呼方式不同，哎，如果要講得仔細一點，應該說規則不一樣。但是比起這種事，西野感到在意的應該是裝滿整個盤子的螃蟹吧。

「……別管那種小細節啦。我可是一直很期待Viking喔。」

「……你也替別人著想一下吧？畢竟螃蟹可是主打料理之一。」

「啥？要是那麼做會被其他人拿走吧。再說這可是吃到飽，餐廳應該有準備很多螃蟹。」

哎，這麼說也是有道理。

轉過頭的石崎指示的前方，可以看到廚師正在忙碌地補充螃蟹。

即使是最糟的情況，如果石崎肯定吃得完，沒人有權力阻止他吧。

「啊～真是夠了。」

如此說道的西野將視線從石崎身上移開，用湯匙挖了一口茶碗蒸送入嘴裡。

至於在旁邊默默吃著飯的阿爾伯特……

他選的菜色是涼拌茄子、涼拌芝麻波菜、各種生魚片與味噌湯和白飯等等。無論怎麼看都是

日式料理。

「你喜歡日式料理啊。」

聽到我這麼說，阿爾伯特暫且仔細地放好筷子，接著一言不發豎起大拇指。

然後立刻回頭繼續用餐。餐桌禮儀也比狼吞虎嚥的石崎優雅很多。

「喔，綾小路。你跟龍園同學分到同一組，你們相處得還好嗎？」

「我並沒有做什麼特別的事。多虧有其他小組成員巧妙支援，整體來說還算和平。」

「你講得好像不知道在滑雪場發生過打架騷動呢。」

身為遭到波及的當事者之一，西野露出厭煩的表情，回想起當時的事。

「聽說是跟其他學校的傢伙起了爭執？可惡，要是我也在現場就好了！」

「如果連你都在場，情況就更加混亂啦。為什麼男人都這麼血氣方剛呢？」

真要這麼說，西野當時看來也挺勇敢的就是了。

她擋在被找碴的山村前面，毫不畏懼地反駁對方。

「妳也是個血氣方剛的女人吧。」

石崎在大快朵頤螃蟹的同時哈哈大笑。

「你真吵耶。話說別把殘渣噴到我這邊，很髒耶。」

「妳應該沒給龍園同學添麻煩吧～？要好好聽他的命令喔？」

「要盲目相信他是你的自由，為什麼連我都非得服從那傢伙不可？」

雖然語氣像在吵架，她跟石崎還是有好好對話。

應該說真不愧是比較熟悉彼此的同班同學嗎？

只不過我會定期觀察在小組裡的西野，即便她比較寡言，但是沒有要給別人添麻煩的樣子，也滿關心山村的情況，具備心地善良的一面。

「我一直在想，西野不怕龍園嗎？」

「這個嘛，那傢伙認真起來時感覺確實很不妙。不過我家的笨蛋大哥以前也是不良少年，所以我多少有點抗性吧。」

也就是說她的家人裡有類似的類型嗎？

這樣就能理解她為何會在打架騷動時態度強硬地反駁對方。

「明明可以料到學生時期不認真一點，將來會很辛苦這種事。大哥卻傻傻地在高中輟學，後來找不到什麼好工作，過得相當辛苦。」

似乎連回想起來都不願意，她沉重地嘆了好幾次氣，同時這麼說道。

「結果怎麼樣了？」

「姑且是有當地的建築公司收留他，每天都在工地拚命工作。薪水很少就是了。」

正因為近距離目睹過現實，因此想到龍園和石崎的將來才會只能嘆氣。

現在放縱自己為所欲為，之後會過得很辛苦。這無關於是否當過不良少年，而是社會上通用的常識吧。

倘若扣除比較講求天賦的演藝圈和創作領域，還有重視體能的運動方面，基本上學歷都是越高越好。

越是努力念書累積知識，就越有可能在之後從比較輕鬆的位置起跑。

「畢竟妳雖然外表長這樣，腦袋其實挺聰明的嘛。」

「外表長這樣是多餘的。而且那是從你的角度來看，才會覺得我聰明而已吧。」

「哇哈哈！或許是吧！」

感覺以石崎的觀點來看，幾乎所有學生都會變成優等生吧。

就在我用完餐準備離開會場時，有一個男人——也就是葛城映入眼簾。

他沒有跟任何人一起吃飯，一個人坐在角落的餐桌默默將食物送進嘴裡。

因為有些在意他的情況，於是稍微觀察一下，接著看見奇妙的光景。

龍園班的小田發現葛城，準備去跟他搭話時，A班的的場彷彿要阻止小田般友善地向小田搭話，然後說了些什麼之後，小田雖然在意葛城，還是前往其他學生那了。簡直就像要妨礙其他人與葛城接觸的行為。這不只是一次，而是接連發生了兩、三次。

的場與葛城都是第二小組的成員。原本他跟葛城同桌吃飯也不稀奇，卻在做完全相反的事。

看來A班裡也有人會做相當陰險的事啊。

雖然放著不管也無所謂，但我決定試著與葛城接觸一次看看。

於是察覺到我靠近的的場立刻走近我。

「我們小組正在跟葛城進行一個活動，可以先讓他一個人獨處嗎？」

原來如此。如果說是第二小組之間的問題，同班同學也只能退讓了吧。

所以小田才會立刻理解並離開現場吧。

這是A班全體的意見，還是的場獨斷的行動呢？

還有背後是否隱藏著打倒龍園班的意圖呢？

無論如何，由第三者來看，這種行動只像是陰險的霸凌手段之一。

就在的場過來警告我的同時，有個新的訪客出現在他身邊。

的場轉過身去想用相同的手法阻止對方，然而他的企圖立刻落空。

「唔……」

他倒抽一口氣，像是打從一開始就沒有在進行什麼妨礙似的背對這邊。

「唷，葛城，你怎麼愁眉苦臉地在吃飯啊。」

也難怪的場不敢搭話，因為那個訪客正是龍園。

出乎意料的大人物登場，讓的場小聲咋舌後立刻逃離現場。

龍園看都沒看的場的背影一眼，直接坐在葛城面前的座位。

「我正在吃飯，有事嗎？」

「我想近距離看一下感覺很悲慘的你是什麼表情啊。」

「不懂你這是什麼意思。」

「咯咯，背叛班級就是這麼一回事。葛城，現在後悔也來不及嘍。」

「我沒有後悔。雖然不受控制的領袖讓我很棘手，不過已經做好覺悟，要跟現在這個班級一同赴死。」

或許是為了掩飾害臊，即使說法有一點迂迴，還是可以知道葛城確實具備身為龍園班一員的自覺。

「是喔。」

龍園一把拉開椅子當場坐下，把空的玻璃杯滑到我面前。

「綾小路，去裝杯水吧。」

「……叫我裝嗎？」

「因為在大眾面前根本沒有必要畏懼你嘛。這麼輕鬆真是幫了大忙啊。」

「打從分到同一組時開始，我就一直覺得你很愛使喚別人……真是的。」

「別放在心上，我去裝水吧。」

看不下去的葛城如此提議，但是我委婉制止他。

「我剛好也覺得口渴，沒關係。」

而且也稍微窺見龍園對同班同學的關懷，他是看不下去葛城一個人孤獨吃飯吧。

因此我決定總之先接受這種狀況。

2

一直待到葛城用完餐的龍園，跟著葛城還有我離開用餐區。

出來後就看到櫛田一動也不動地坐在擺在入口附近，用來等候的椅子上。

她一看到我們三人便立刻起身，毫不猶豫地走過來。

「龍園同學，我有話要說，可以占用你一點時間嗎？」

看來她似乎是在這個地方等待龍園出來。

我們算是比較早用完餐的，很難想像身為女生的櫛田會更快吃完啊。

應該可以認為她有很想跟龍園說的事，所以先做好準備吧。

葛城似乎是個識趣的人，很乾脆地一個人回房間。

「啊？有什麼事？」

「這裡不太方便說話……我想換個地方，可以嗎？」

因為有旁人的眼光，櫛田表現出跟平常一樣的表面工夫模式，但是樣子有點奇怪。

「不好意思，妳不是我喜歡的類型。」

「啊哈哈，我不是那個意思啦。話說你別擔心。我也是覺得死都不想找龍園同學當對象。」

櫛田在警戒周圍的同時，朝著龍園展露劈啪作響的殺意。

「好吧，算了，我就聽聽妳要說什麼。應該讓麻煩人物迴避一下比較好吧？」

所謂的麻煩人物當然是指我。櫛田也雙手合十向我道歉，因此這時還是先離開吧。他們兩人並肩走到沒什麼人的方向。

如果就這樣放著不管，感覺會朝不太好的方向發展啊。

我決定澈底消除氣息，尾隨他們兩人。只不過必須小心謹慎。

一路上龍園表現出很在意後方的態度，從那副樣子來看，謹慎行動果然是正確的。

「然後呢？妳特地跟我兩人獨處打算說些什麼？」

「是關於我跟你的關係。在小組行動時也是，你有時會說些多餘的話吧。可以請你不要再那麼做了嗎？」

就我所見的範圍，發生過兩次龍園在櫛田面前擺出要點燃炸彈導火線的樣子。櫛田理所當然

會感到不快。

「你想把我怎麼樣？」

「想把妳怎麼樣？目前不想怎麼樣啦。」

「……那麼，你的意思是哪天會設法處理我嗎？」

聽到傳來的聲音，感覺櫛田略微顯露出她的倉皇。

「妳因為想讓鈴音退學，把靈魂賣給惡魔了對吧？那麼當然會伴隨風險。事到如今，可沒辦法把過去都當成沒發生過喔？」

「是、是呀，我覺得是那樣沒錯。」

「話說回來，桔梗，妳真的變了不少啊。如果是之前的妳，就算我挑釁，應該也不會想在這種地方逼問我。沒錯吧？」

龍園察覺到櫛田的樣子很奇怪。照理來說他應該完全不知道全場一致特別考試的事，但有些事情是擁有敏銳嗅覺的人便能感受得到吧。

「該不會是出現了可以接納妳本性的人？」

「要往奇怪的地方去想是你的自由，可惜猜錯了呢。」

「咯咯。不管怎樣，妳對我而言都是攻略班級的關鍵鑰匙之一。改天跟鈴音班對決時，我會毫不留情地利用這個武器展開攻擊。」

直到目前為止，他一直刻意不提關於櫛田的事。似乎打算先保留下來，作為今後在更重要的場面給予有效傷害的策略之一。

這對於重新振作起來，決定為了自己替班級效力的櫛田來說是個障礙。她無法輕易清除這個障礙，將會一直受到折磨。

「妳要怎麼做？要下跪求我別說出去嗎？還是說妳打算排除我，讓我退學？不管是哪一邊感覺都很困難就是了。」

「我……」

不管哪一邊，都不能讓櫛田做選擇。

就算出現第三個選項也一樣。

「不好意思，龍園，櫛田這件事需要請你收手。」

我停止躲藏，決定在兩人面前現身。

「嘖。你果然跟過來啦。」

「綾、綾小路同學？」

「早就算到你會警戒我了。」

「哎，算了。然後呢？你要我在桔梗這件事收手是什麼意思？」

「就是字面上的意思。你大概打算把櫛田的事情說出去吧，但是希望你可以住手。」

聽到我的警告，龍園看似愉快地笑著拍手。

「哈哈哈！怎麼，綾小路，你果然也有插手啊。而且你會這麼說，就表示這傢伙已經不像以前那樣是班上的毒瘤了。」

得到可以消除至今一些疑問的答案，龍園看似愉快地笑了。

「沒錯，櫛田現正作為堀北的同班同學踏出全新一步。我不打算讓你從中作梗毀了她。」

「不好意思，但是這樣感覺更有趣啦。乾脆我就不計得失，現在就來把場子炒熱吧？」

「沒有人會相信龍園同學說的話。」

櫛田這時終於忍耐不住，開口反抗龍園，然而就憑這種程度的話語，龍園是不會停下來的。

「這可難說喔？這種事不試試看怎麼會知道。」

現在需要的不是用半吊子的話語制止他，而是徹底封住龍園的行動。

「假如你決定要揭發這件事，沒有人能夠阻止你。」

櫛田無法徹底掩飾不安與屈辱，我拍了拍她的肩膀，要她別擔心。

「但是你要是那麼做，就無法達成在學年末測驗與坂柳戰鬥的目的。」

「啊？我可不懂為什麼會變成那樣。」

「我將會用你不希望的方式去處理。」

像是在呼應我的話一般，龍園的笑容瞬間變得可疑。

就跟他以前不知恐懼為何物，綁架惠那時一樣——不，比那時更可疑。

「哈。什麼啊，很久沒見到你這種表情了。」

我插入龍園與櫛田之間，進一步逼近他。

「就算現在我在這裡選擇沉默——也沒人能保證我之後不會爆料喔？」

雖然龍園表現出強硬的態度，但沒過多久便輕輕舉起雙手。

「這件事就算了。話說我根本不打算拿桔梗的祕密對你們班發動攻擊。不，應該說那個念頭消失了嗎？」

「這是什麼意思？」

「要是沒牽扯到綾小路，大概還有可能當成武器吧。」

「咦……？」

「妳大概不知道吧，但是昨天這傢伙跟我說，他不打算讓妳退學了。綾小路，就算我用這個祕密發動攻擊，對你也不管用吧？」

「對，我已經想好對策。」

「拿著根本不管用的戰略出擊，結果遭到報應就毫無意義了吧？我早就體認到想要打倒你，憑半吊子的做法是不管用的這件事。」

可以肯定的是他絕非變得卑躬屈膝，而是打算等到擬定好我設想不到的做法與策略後，再向

堀北班挑戰吧。

「我要先回房間了。再見啦，櫛田，妳就儘管享受剩餘的校園生活吧。」

不要再叫住我了——龍園露出這樣的態度，回到客房。

稱呼方式也從桔梗變成櫛田。這是反過來證明龍園已經對櫛田完全不感興趣了嗎？

現場只剩下我跟櫛田，陷入一陣沉默。

「為什麼……要來幫我？這樣對你沒有任何好處吧。」

「有好處。因為妳對班級而言是不可或缺的人才。雖然覺得即使我沒過來這裡，龍園其實也不打算爆料，但是不曉得妳會採取什麼行動。妳應該在想能不能設法先堵住他的嘴吧？」

「……是沒錯啦……」

「龍園不是妳贏得了的對手。要是妳自己衝向對方根本不打算發動的戰鬥然後自爆，我可就傷腦筋了。所以才決定露面。」

「意思是如果是你就有辦法處理？你實際上……好像真的那麼做了。」

「至少在目前這個階段，我認為還不用把龍園當成強敵。」

「啥、啥啊？這是什麼意思……」

「總之妳已經不用再鋌而走險，要好好珍惜現在的自己。」

「這個台詞感覺真肉麻呢，我們班這麼需要我的力量嗎？」

「這也是原因之一。」

「這也是？」

「妳現在能夠說出真心話，我覺得能跟這樣的妳和平相處。」

因為能看見另一面，方便推測想法的要素也增加了。

「別鬧啦。知道我本性的人，怎麼可能認真地那麼覺得。」

畢竟櫛田本人對於自己的性格惹人厭這點，應該是感受最深刻的吧。

「那倒也未必，能夠坦率地抱持好感。」

「什麼呀……真搞不懂你到底有多認真，畢竟你不能信任嘛。」

如果是平常的櫛田，感覺應該會笑著回答，不過她現在的表情很僵硬。

「這是事實，這個世上也有人覺得妳的本性感覺比較舒服。」

「怎麼可能——」

原本還想說些什麼的櫛田，看著這邊張大嘴巴，停下動作。

然後她突然走向牆壁。

「……怎麼啦？」

隨後張開雙臂，將攤開的手心用力貼在牆上。

「沒事，沒事……」

如此喃喃自語，接著忽然停止動作。

就在我守望著她，心想究竟是怎麼回事時，調整好呼吸的櫛田轉過頭來。

「我剛才有點頭暈，但已經不！要緊了！」

櫛田在奇怪的地方聲音高了八度，但是她表示用不著擔心。

「……妳真的不要緊嗎？」

她的狀態看起來實在不像不要緊，不過櫛田露出平常對外的表情。

「嗯，我沒事！」

「這、這樣啊。」

就櫛田的情況來說，真的很難看透她的感情。

「好像被你救了一次……謝謝。」

「總覺得最近聽到妳道謝的次數增加了。」

「或許是吧……嗯，今後我會注意不要再跟龍園同學扯上關係。」

「那樣是最好的。」

「那麼，我要回房間了。明天見嘍。」

「明天見。」

櫛田露出彷彿已經完全恢復的表情沿著走廊前進。

但是她在途中絆到，非常誇張地跌倒之後，一只木屐遠遠飛了出去。

「妳還好嗎？」

「我沒事！真的！沒事！」

櫛田一邊揮手趕我走，要我別過去，一邊踉踉蹌蹌地站起來，重新穿上木屐。

3

因為跟堀北約好要碰面，我在客房外面的走廊靠著牆壁等待她的到來。

「對不起，我有點晚到。」

堀北在現身的同時這麼道歉，但是她沒有遲到，所以沒什麼問題。

「事不宜遲——」

「妳打算在這裡長篇大論嗎？」

客房附近經常會有學生進出房間。

若要談不想被人聽見的話題，這裡是最不適合的場所之一。

「這裡的確不適合談話呢。隨便找個——我想想。要不要去自動販賣機那邊挑個飲料呢？邊

走邊談應該正好吧？」

那樣比較安全吧，我沒有異議於是答應了。

站著說話很容易引人注目，邊走邊聊就不用擔心這點。

「設置在大浴場前方的自動販賣機有賣果汁牛奶，很好喝喔。」

有人告訴我這是會在洗好澡之後喝的東西，我心想真的是這樣沒錯。

「謝謝你像小朋友一樣的感想。但是這個不適合晚上喝吧。」

是時段的問題嗎？不，或許以女生的觀點來看是這樣吧。

「不過走到大浴場的自動販賣機那邊的距離比較遠，就去那邊吧。」

堀北的腳步十分緩慢，表現出總之想以談話為優先的動作。

「關於前陣子文化祭那件事。我一直沒機會聽你怎麼說吧？雖然一直惦記著這件事，然而直到今天都找不到好時機。」

「而且妳那時好像滿累的，還毫無防備地露出睡臉嘛。」

「……你想被踢嗎？」

看到堀北的上半身擺出卯足幹勁的架勢，我立刻舉白旗投降。

「饒了我吧。」

「我實在太大意了，居然讓男生看到睡臉。這是你給我的汙點。」

「有必要那麼在意嗎？」

「當然會在意……只不過現在不用提這種事。我想問的是那天的事情。」

堀北揮手甩開自己的羞恥，露出嚴肅的表情。

「那天在學生會室裡發生的事，你應該也跟那一連串事有關吧？」

文化祭那件事、那一天、學生會室——由這些關鍵字推論出來的事情只有一件。

「是你讓八神學弟退學的嗎？」

「妳為什麼會這麼認為？」

我並非要模糊焦點，而是對她歸納出這個答案的理由感興趣。

「雖然不曉得你知不知道，八神學弟原本可能企圖讓你退學。實際上，他在學生會室的言行也足以證明這點。」

看來堀北似乎也擁有幾片我不知道的拼圖碎片。

即使她在拼湊那些碎片的過程中看見那個答案也不稀奇。

「我不知道八神的事，但也沒什麼好驚訝的吧。妳也親眼目睹寶泉企圖讓我退學的現場，知道這件事吧。」

「你是說兩千萬點個人點數的獎金呢。」

「難道不是八神參加了那個計畫，然後虎視眈眈伺機行動嗎？」

「我也考慮過那種可能性。不過那樣有太多不自然的地方。最重要的是，他感覺不像是為了錢才試圖接近你。」

堀北也待在那個現場，看來這點是她比較清楚細節。

「每一個疑問的答案都讓我很在意，但是最想知道的並非這種事。」

「那麼妳到底想知道什麼？」

「就是你的真面目。我實在無法想像你跟其他學生們一樣是普通的學生。」

「那還真是讓人傷透腦筋的疑問啊。如果不普通，我算是怎麼樣的學生呢？」

「……不知道。這並不是優不優秀這種層次的問題。只是我完全無法想像你究竟是怎樣的一個人，無法理解。」

也就是說她想知道的是「綾小路清隆這個人究竟是何方神聖」嗎？

「我沒有什麼特別要說的，實際上也沒有能說的東西。」

「那麼，我提出問題，你會一一回答嗎？例如你的出身、畢業的小學、國中。過去是否參加過什麼大會。是否有在家自學，或是上過補習班和請家教呢？」

就算是相親，一定也不會問得這麼細吧。

「我明白妳想說的話了，但是我實在懶得回答那麼多麻煩的問題啊。」

堀北抿起嘴唇，露骨地表現不滿的感情。

「所以我主動公開幾個情報給妳。」

「……怎麼樣的情報？」

「比方說，我想想。例如就像妳推測的一樣，八神那件事我的確有關，之類的。」

「你不是在開玩笑吧？是因為八神學弟企圖讓你退學嗎？」

「正確來說，我之前並不知道是八神。我對企圖讓我退學的學生設下陷阱，結果掉入陷阱的人是八神——這麼說比較正確。南雲學生會長和龍園等人也在學生會室吧，那是我安排的。為了包圍那個人，讓他沒辦法找個半吊子的藉口開脫。」

如果是至今為止的我，對於告訴堀北這種事的行為找不出任何意義。

但是在這裡可以給予堀北資料，間接表示我是怎麼樣的一個人。

先製造出哪天若是對立時，她能夠活用這些資料的可能性。

「順帶一提，學生會長與龍園沒有關聯。我是個別找他們談這件事的。」

「總覺得我好像可以明白……那時的突兀感究竟是什麼了。」

「話說回來，就快到目的地嘍。」

我們爬上樓梯到大浴場所在的二樓，抵達設有自動販賣機的休息區。

於是看到兩名女教師獨占擺在那裡的兩台按摩椅。

她們露出陶醉的表情委身於按摩椅，似乎沒有注意到我們。

我跟堀北對望一眼。

即使也能無視她們，但是堀北似乎選擇向她們搭話。

「兩位看起來很放鬆呢。」

「咦？啊，這不是堀北同學嗎～」

星之宮老師只是舉起手腕這麼回答。

「現在還是學生們就寢前的時間，老師們應該還在工作吧？」

「真遺憾呢～今晚的我們類似只要上半天班呢～小佐枝，對吧～？」

「就是、這麼、回事。」

茶柱老師靠著嘎噠嘎噠地震動的按摩椅，感覺很舒適般閉上眼睛。

「那個有那麼舒服嗎？」

儘管我有一點興趣想使用看看，但是因為旁邊是大浴場，有很多學生頻繁往來，我在意他人的眼光，一直不敢用呢。

「上了年紀後就少不了要按摩。也就是說大人有很多你們這些年輕人大概不懂的辛勞啦。」

伴隨肉體上的衰退，似乎需要可以支援這種變化的機器。

「就小佐枝的情況來說，肩膀僵硬的問題特別嚴重呢。」

「用不著說這句多餘的話。」

瞬間可以看到劈啪作響的犀利視線在老師們之間交錯。

「話說回來，堀北同學，妳變得很有領袖的樣子呢。果然B班待起來很舒服嗎？前B班導師想要問問看。」

「並沒有很舒服，我的目標是A班，現在只不過是必經階段。」

「妳變得很伶牙俐齒呢。」

我無視她們的對話，試著拿起與茶柱老師的按摩椅相連的遙控器。

強度似乎有五段，目前是中間的第三段。

強度越強，效果當然也越好吧。

我不禁好奇第五段強度會是什麼感覺，試著調整了一下。

「嗯、呀、嗯嗯嗯！」

茶柱老師驚訝地抖了一下，然後機械開始發出轟隆轟隆的強烈聲響。

原以為會提升大約百分之四十的功能，但是說不定在那以上。

「綾、綾小路，你、你做什麼，嗯嗯！快、快調回去！」

茶柱老師明顯露出慌張的模樣，伸手想拿遙控器。

因為她硬是拉扯電線，導致遙控器從我手中滑落。

「咕、唔唔！呀、呼……呼，快拿起來！」

「既然這樣，就請您不要勉強硬拉。」

我撿起遙控器，將強度從第五段調回第三段。

「呼、呼……呼、呼……看你這傢伙做了什麼好事……！」

「哎呀——該怎麼說呢，我是出自好奇心，以為越強越好。」

「怎麼可能啊！每個人都有適合自己的強度！」

茶柱老師露出至今不曾看過，彷彿惡鬼的模樣，滿臉通紅地斥責我。

看來那種刺激似乎遠超出我的預料。

「你在玩什麼啊？」

這番吵鬧的互動也被堀北警告了。

「抱歉在兩位休息途中打擾了。我們走吧，綾小路同學。」

「你們兩人要去洗澡嗎？不可以一起洗唷。」

星之宮老師說了些傻話，堀北無視她的發言，準備往回走。

「堀北同學，等一下。」

雖然星之宮直到剛才還在開玩笑，回過神時，發現她已經變成嚴肅的表情。

「堀北同學班的確有驚人的成長。B班終究是個必經階段，有必要以A班為目標。即便這是理所當然的，就算這樣，我也覺得那樣很棒，而且非常了不起唷。」

儘管聽起來也像是在稱讚，然而這番話感覺別有含意。

「知惠，別說些多餘的話。」

「有什麼關係呢。我只是想把內心的想法說出來而已。」

「不知道妳想說什麼，但是並非什麼想法都可以自由地說出來。」

「請說吧。」

或許是好奇星之宮老師接下來要說的話，堀北這麼催促。

「那我就不客氣了。我呀，身為負責一個班級的導師，經常在想一件事——就是A班到D班的老師們其實同樣在競爭。如果要舉例的話，應該可以想成是老師們在玩大富豪這種撲克牌遊戲吧。」

「大富豪……是嗎？」

「妳知道規則吧？」

「嗯，算吧。」

「我們要用拿到的手牌進行為期三年的戰鬥，來決定第一名到最後一名的第四名，玩大富豪時要打出數字從一到十三的牌不是嗎？這次就先別管地方規則或特殊規則，基本上是數字大的牌比較強，數字小的牌比較弱吧？數字只有三的學生若是碰到數字有六的學生，當然是有六的學生會贏。像是真嶋老師的A班已經湊齊某種程度的手牌，而且分到比較多十或十一的牌。另一方面，越是接近D班，就越多牌是三或四。好吧，這就像是學校一直以來的慣例。」

如此說道的星之宮老師拿起按摩椅的遙控器，將力道強度調高一段。

因為這下才總算邁入第三段，我得再次好好記住第五段有多麼強烈。

「當然學生們每天都會有所改變。原本數字是三或四的同學成長之後可能變成十二或十三，比較罕見的例子，還有可能變成最強的數字二呢。所以班級會產生變動，也有D班升上B班的情況。哎，雖然極為罕見就是了。」

因為堀北班已經來到史無前例的地方了嘛。

「不過最重要的是公平戰鬥。就是無論哪個班級，都應該經常在一到十三的數字裡戰鬥。要是特定的班級有不公平或作弊的情況，那樣可不行吧？」

「的確是呢。」

「可是呀～？堀北同學不覺得你們班上混了一張不該放進去的牌嗎？」

「不該放進去的牌……是嗎？」

星之宮老師一邊發笑一邊將視線看向我。

「沒錯，這樣很狡猾呢。因為只有小佐枝的班級有鬼牌(Joker)嘛。」

堀北也注意到星之宮老師彷彿是在指名道姓的視線。

「知惠，別再說了。」

「會想抱怨個一、兩句也很正常吧。就算我們拚命動腦戰鬥，你們也能靠一張鬼牌顛覆戰況。不，這比大富豪什麼的遊戲還要惡質。因為跟只要用了一次就會從手牌中消失的大富豪不同，你們可以無限次打出鬼牌嘛。那樣怎麼可能贏得了啊。」

身為班級導師，她這種說法也能解釋成自己班級的敗北宣言。

「先不論發言內容對錯，要是被D班學生聽見，妳打算怎麼辦？」

班導自己認輸的發言。要是讓一之瀨班的學生聽見，免不了會大受打擊。

「……也是呢。抱歉抱歉，可能是一直坐按摩椅，有點醉意了吧。」

如此說道的她關掉按摩椅的電源。

「拿到鬼牌的小佐枝和堀北同學是運氣好。就算妳們用那張鬼牌到達A班，也不算是什麼作弊呢。」

在場眾人都可以明顯聽出這是在挖苦。

「知惠，適可而止吧。」

茶柱老師發出至今不曾聽過，近乎恐嚇的聲音。

這似乎讓星之宮老師瞬間清醒，連忙跳了起來。

「我要回房間了！大家再見～！」

星之宮老師似乎有些生氣地揮了揮手，沿著走廊大步離開。

「抱歉，給你們添麻煩了。她本人也說了，應該是因為有點醉意吧。」

茶柱老師像是要幫星之宮老師說話一樣，一邊從按摩機起身一邊開口。

「無所謂，我會當成是喝醉的人在說笑，聽過就算了。」

堀北若無其事地回了一句刻薄的話，這讓茶柱老師有些動搖，咳了一聲清喉嚨。

「妳還真嚴格啊。」

「看來老師有些在意她剛才的發言呢。」

「老實說，因為我並非毫無頭緒。狀況跟我三年前負責的班級實在相差太多了。」

有強力的手牌聚集在堀北班這點是事實吧。

「雖然不曉得綾小路同學是不是鬼牌，但也不能否認他是個強力的同班同學。不過我並不打算因此而客氣。」

堀北看也不看這邊，直接朝著茶柱老師說出自己的想法。

「既然他是被分配到茶柱老師這班的牌，我只需要利用那張牌盡全力戰鬥。因為我的目標是A班。」

「說得也是，我當然也是這麼打算。」

不過，茶柱老師本身認為這樣的覺悟可能不夠吧。

坂柳率領的A班也有豐富的強力手牌。

就算能在只比一次的勝負當中獲勝，倘若要打上十幾二十場，就不曉得結果如何。

「那麼……我要去追知惠。畢竟要是那樣放著不管，她搞不好會酗酒到早上。」

茶柱老師似乎無法拋棄以前曾是同班同學的夥伴，去追星之宮老師了。

「堀北，今天就到此為止。」

「鬼牌同學，我還有堆積如山的事情還沒問夠耶？」

「難得到這裡來了，我想再泡一次澡。再說人也開始變多了。」

附近開始不時出現想在睡前享受一下泡澡的學生們。

「可以當作是你有空會再告訴我吧？」

我點點頭之後，就這麼鑽過通往男生浴池的門簾。

4

就在將近晚上十一點，差不多快到熄燈時刻的時候。

鬼頭一言不發站起身，拿著好幾本借來的雜誌前往走廊。

「那傢伙待在房間裡時，幾乎一直都在看書耶。」

要說他喜歡閱讀也沒錯吧。雖然跟我或日和不同，他似乎不是讀擺在圖書館裡的書。過了幾分鐘後，回來的鬼頭手中又拿著新的雜誌。是為了早上醒來時可以立刻翻閱嗎？他看的雜誌強烈反映個人偏好的傾向，幾乎大部分都是可以稱為時尚雜誌的東西。

「可以讓我也翻翻看嗎？」

原本以為鬼頭會叫我自己去拿，但他默默把雜誌放到桌上。這表示我可以想看就看嗎？

距離關燈時間剩下十幾分鐘，我決定稍微翻閱一下雜誌。

雜誌的主題是流行的便服和飾品等等。老實說，我不太能理解雜誌的照片和報導的內容是什麼意思。唯一知道的是鬼頭對這本雜誌有強烈的感情。也就是說鬼頭讓人覺得是奇裝異服的打扮，蘊含著本身的品味與感情。就算常跟鬼頭槓上的龍園在這時嫌棄這個話題無聊透頂也不奇怪，然而他沒有特別說些奚落人的話。

過沒多久便是熄燈時間，我們關掉房間的燈上床睡覺。

我暫時安靜仰望天花板，於是視野漸漸地習慣黑暗。

所有人好像都還沒睡，但大家在思考什麼呢？就在我如此心想之時——

「我們再過半年就要升上高三啦。即使在競爭A班的位置，果然也得考慮一下將來的事，像是要升學或就業。我還沒辦法想像高中畢業後的自己是什麼樣子，也沒什麼特別想做的事。綾小路呢？」

「我應該會──升學吧。只不過還沒具體決定要念哪所大學。」

我先說了個應該最沒問題的目標。

「鬼頭呢？」

雖然渡邊沒有自信鬼頭會回答，還是毫不畏懼地發問。

「……我要成為時尚設計師。」

「咦！」

沒想到鬼頭會回答，以及他回答的內容讓渡邊兩度感到驚訝。

「你覺得很意外吧。這種事我明白。畢竟從我的外表無法聯想嘛。」

「不、呃、哎……這實在很難開口，是的……」

但是想到鬼頭便服的品味，還有他沉迷的雜誌內容，就覺得很容易理解。

「咯咯，你要是回答將來想當殺手，渡邊還比較能接受吧。」

我有些擔心插嘴的龍園會不會又惹怒鬼頭，不過沒看到他有什麼動作。

「別、別放在心上啦，鬼頭。你想想，龍園平常講話就是這樣。」

渡邊幫忙打圓場，然而鬼頭看起來似乎真的不在乎。

「我習慣了。只要講出夢想，大部分的人都會感到驚訝，無法理解。就算我認真地朝那條路前進，也不覺得別人會輕易接受。」

雖然人不該有偏見，但是這個世上確實存在偏見。對長相凶狠的鬼頭而言，要以一部分的職業為目標，門檻或許會自然變高也說不定。

「可是在A班畢業就沒關係了。可以不由分說地踏進那個世界。只要能踏進那個世界，之後靠自己的技術讓周遭的人閉嘴就行。」

對於鬼頭而言，他似乎認為突破第一道入口是最難的關卡。

「你很認真地在思考將來的事情耶……哎呀，有個明確的夢想，真的很偉大喔。」

儘管渡邊剛才大吃一驚，但是受到人生規劃比自己紮實的鬼頭感化，這麼稱讚他。

不管願不願意，孩子們都會長大，然後面臨必須出社會的狀況。

現在沒有目標的渡邊和沒有述說自己夢想的龍園也一樣。

「該怎麼說，雖然是我先開口問這些的……不過知道這些事情後，就覺得很難做呢。」

渡邊用像在苦笑的聲音，朝著天花板喃喃自語。

「在這裡的人都不同班吧？也就是說照常理來想，能夠在A班畢業的，只有我們四人當中的其中一人。即使前提是有想要實現的夢想，然而要是自己搶走那張椅子，就會有人坐不到……感覺真複雜啊。」

如果是同班同學就能共有夢想。可是無法與競爭對手共有夢想。這就是這所學校的方針。有人歡笑，就有人哭泣。

年紀相同的學生只要一起度過夜晚，就會很神奇地談起這樣的話題嗎？
這一晚讓我回想起去年合宿的時候，與啟誠他們一起聊天的時光。

教育旅行第四天

教育旅行第四天早上。明天就是要回學校的時間。

一方面也因為是第二次的完全自由活動時間，希望可以規劃成沒有遺憾的一天。

關於昨天的景點巡禮結果，在總共二十個小組當中，似乎有二分之一，也就是十個小組拿到二十分以上，那些小組的所有人都獲得三萬點個人點數。

另一方面，小美與宮本兩人隸屬的第十五小組因為沒趕上限制時間而失去資格，小組成員今天得留在旅館參加讀書會。即使覺得有點可憐，這也是無可奈何。希望他們讀書會結束後可以盡情泡溫泉，盡可能享受這趟旅行。

一方面也因為大浴場到了打掃時間，我迅速換好衣服。本來想跟昨天一樣看個電視，但是今天似乎是鬼頭先打開電視，只見他緊盯著電視螢幕。雖然不曉得詳細內容，似乎是鬼頭很在意的時尚特別節目。

「欸，綾小路，聽說要在外面打雪仗耶。」

「打雪仗？」

同樣換好衣服的渡邊讓我看他的手機。

似乎有很多人提議接下來到外面打雪仗，然而並非強制，而是自由參加。

「感覺很有趣，過去看看吧。」

「龍園跟鬼頭你們呢？」

鬼頭入迷地看著電視，沒有回答。龍園則是像在明示他不參加，毫不猶豫地走向房間的固定座位。

「那就我們兩個人去吧。」

「好。」

雖然會留下水火不容的兩人，就相信他們兩人的良心吧。

我跟渡邊一同來到旅館外面，只見已經有許多學生聚集起來。

「早啊，清隆同學，渡邊同學。」

站在入口附近握著手機的洋介向我們打招呼。

「還真多人啊，大家都對打雪仗這麼感興趣嗎？」

「我想不只是因為這樣喔。這好像是賭上個人點數的打雪仗。說是賭博，但是參加資格也只要支付一千點。獲勝的隊伍可以拿到落敗隊伍的點數呢。」

原來如此。就算輸掉損失也很小，贏了可以拿到多買一、兩樣伴手禮的錢嗎？既然如此，也難怪大家能夠輕鬆參加，而且氣氛相當熱絡。

「只不過這樣沒關係嗎？即使有寬廣的空間，也是旅館的範圍裡。」

「嗯，我姑且問了一下，旅館表示如果是一大早就無所謂。這間旅館被學校包場，除了我們這些參加教育旅行的學生外，沒有其他客人住宿也占了很大一部分吧。」

規則還是一樣簡潔明瞭，只能閃避，不可以接住雪球。遭雪球丟中的學生必須離開場地。只不過雪球得有固定的大小，例如像散彈槍一樣扔出粉狀的雪，或是雪球在空中散開之類的情況，就算打中人也無效。關於中彈情況則是可以自己主動申報，還有擔任裁判的人會判定。

好吧，應該也沒什麼人會為了這麼一點個人點數刻意搞鬼才對。

「有多少人預定參加啊？」

「目前大概三十人左右吧，綾小路同學也要參加嗎？」

「不，我……」

本來想要拒絕，不過，打雪仗啊。

要是這次不參加，或許就再也沒有機會實踐了。

「我想試試看，但是沒有隊伍。」

「不要緊。人數不夠的會由我來分配，可以稍等一下嗎？」

洋介似乎會幫忙處理麻煩事，實在太令人感激了。

所以他才會在入口附近逗留啊。自己主動扛下麻煩事應該有很多要操心的地方，然而對洋介來說，或許能夠管理所有大小事反倒比較安心。

據說距離報名截止還剩十分鐘左右，因此我在旁等著，這時堀北也現身了，大概是在旅館裡聽到要打雪仗的消息才過來的吧。

「雖然有聽說，真的聚集了不少人呢。」

「妳該不會也要參加吧？」

「這個嘛……畢竟是難得的教育旅行。如果還有空位，我就參加一下好了。」

她本來好像不打算參加，但是超乎想像的盛況似乎讓她改變了主意。

「堀北，既然這樣就來一決勝負吧。」

從人群中冒出來的伊吹彷彿就在等這一刻似的向堀北下戰帖。

「……伊吹同學，原來妳也在呀。真的是不管從哪裡都會冒出來呢。沒關係。終究只是個遊戲，如果妳希望，我也可以奉陪。」

聽到堀北這麼回答，伊吹立刻握緊拳頭。

「不管是遊戲還是什麼，輸了就是輸了。妳可別事後像個小鬼一樣找藉口推託喔？」

「那句台詞我原封不動還給妳。」

洋介好像也清楚看到兩人的樣子，我偷看手機，發現他貼心地把兩人分配到不同隊伍。畢竟在同一隊就炒熱不了氣氛了。

我趁著偷看手機時順便向洋介耳語，提出一個小小的請求。

「早呀，各位。」

櫛田帶著山村、西野還有網倉出現在我們身旁。

「不愧是妳啊，櫛田。也邀山村她們來啦。」

「咦？……哎，嗯。」

原以為櫛田會朝我露出平常的笑容，但是她移開視線，有些曖昧地回應。

不過立刻重新用笑容面對我。

「那麼做是對的。」

「雖然西野同學和山村同學都說要在房間待到準備外出為止，可是我想說機會難得嘛。」

我們作為一個小組一起度過了這幾天，儘管進展緩慢，關係確實正在變好。

無論要參加或觀戰，一起度過相同的時光會更有意義。

「妳也要參加嗎？」

伊吹也詢問櫛田。

「嗯？打雪仗嗎？」

「對，我跟堀北決定要對戰了。」

「這樣呀，不過我還是別參加好了。畢竟用雪球丟人會感到很抱歉。這種活動我會同情對方，丟不下去呢。」

「啥？」

伊吹彷彿想說櫛田的態度讓她由衷感到噁心一般，露出作嘔的動作。

看到這一幕的堀北立刻用手刀劈向伊吹的側腹。

「痛！妳幹嘛啊！」

「妳的對手是我吧？要是想些多餘的事，沒兩下就會落敗唷。」

「我才不可能輸，一定會讓妳輸到痛哭流涕！」

原來如此。我一直在想最近堀北與櫛田的距離感出現變化，看來伊吹也有插手。雖然是有些扭曲的三人，或許神奇地產生了好的自淨作用呢。

要參加打雪仗的學生之後也慢慢不斷增加，最終有六隊共四十二人。

有四支隊伍是靠自己就湊齊七個人。

然後另外兩支隊伍則是聚集了像我一樣的邊緣人。

比賽並非淘汰賽的形式，而是只打一場。

不知道洋介是否考慮到要炒熱氣氛，比較受人注目的堀北對上伊吹被指定為最後一場的第三場比賽。

首先第一場比賽是由石崎率領的七個男生組成的隊伍。

還有由須藤率領的七個男生組成的隊伍。完全就是男人之間的激戰。

比賽一開始就是強力的雪球朝著左右飛舞交錯。

總共有十四個雪球在場上飛舞，所有人都要閃開果然很困難。

僅僅過了十秒，兩隊加起來就有六個人消失。

順帶一提，一直很興奮的石崎也在這十秒內退場了。

另一方面，須藤似乎把被堀北甩掉的懊悔也灌注在雪球裡，接二連三擊倒敵隊成員。只不過石崎隊有阿爾伯特，他展現出與巨大身體不搭的敏捷動作避開雪球，到目前為止打倒了兩個人，持續奮戰。

山村安靜地觀賞這場十分值得一看的戰鬥，於是我試著稍微接近她。

「大家玩得很起勁呢。」

山村一察覺到我的存在，立刻這說了一句。

雖然她的表情跟平常一樣沒什麼起伏，但是看起來有些開心。

「是啊，看來是這樣。」

山村「呼～」的一聲朝手心吹氣。

她的雙手沒有戴著應該在滑雪場重新買的手套。

「妳該不會又忘了戴手套吧？」

「對呀。」

我打算脫下自己的手套，卻遭到山村阻止。

「抱歉，開玩笑的。我有記得帶手套來。」

如此說道的山村從口袋裡拿出手套。即使不明顯，臉上還是露出笑容。

「原來山村也會開玩笑啊。」

「……我果然不適合開玩笑嗎？」

她的笑容瞬間消失，我反省自己說了多餘的話。

「不會，這樣也不錯啊。以小組來說，感覺也像是產生了一點情誼呢。」

至少可以說是第一天無法想像的變化吧。

「我也──有這種感覺。因為我平常存在感薄弱，不管做什麼都很少有人留意……但櫛田同學、西野同學、網倉同學都很認真地看待我，還讓我加入她們。都是多虧有這個小組。」

倘若沒有這趟教育旅行，對於山村的印象就會一直到畢業為止都很薄弱。

無論是對山村或對其他女生來說，這都是一趟讓人印象深刻的美好教育旅行。

其他小組應該也有很多學生類似我們這樣拉近距離。

山村兩隻手都戴上手套後，朝這邊張開雙手。

「不只是女生，男生也是。跟以往的印象有點不同。」

與組成小組的第一天時不同，山村的態度還蘊含著柔軟。當然了，跟其他學生相比雖然還是少了好幾成，依然可以說是很明顯的變化吧。

「一開始覺得很漫長的教育旅行，也即將在今天結束了呢。」

「是啊。」

與不喜歡的成員一起度過的教育旅行，照理說應該會覺得這段時間度日如年。然而現在卻只是重新認識到這些成員相處起來其實感覺還不錯，產生難以想像是在同一段時光的變化。

「改變的一定不是只有妳。無論是鬼頭、渡邊、網倉還是西野，在經歷過這次經驗後，應該都多少有產生一些變化。」

雖然我們小組一直風波不斷，但是這些風波也有反而帶來適度刺激的一面。

「總覺得鬼頭同學慢慢比較少說龍園同學的壞話了。」

「哦。」

「自從分到同一個小組後，他一直在說要殺掉龍園，或是送他下地獄之類的。」

那樣也非常危險啊。好吧，那兩個人與其說是感情變好，總覺得更像是因為太常鬥嘴，導致感覺已經麻痺了而已。

只不過我對鬼頭的印象產生了很大的變化。原本以為他是那種完全不說話的人，近距離相處之後，發現他意外地會跟人聊天。

即便聊天的內容可能有很多問題……吧。

尤其是坂柳班與龍園班的學生們經常戒備著彼此。

到目前為止幾乎沒有機會看到對方好的部分吧。

「時任也滿常黏在坂柳身旁嘛。」

「這麼說來……他們同組的這段期間，好像一直在聊天呢。」

兩人現在也並肩觀摩打雪仗，看起來很開心地聊個不停。

不經意地看向山村的側臉，只見她直到剛才還很開心的模樣已經消失無蹤。

如果要用言語形容她的表情，最接近的應該是「不是滋味」嗎？

她是對時任抱持好感，或是對坂柳有什麼想法嗎？

散發出來的氣息讓人感覺應該是其中之一。

「妳對坂柳有什麼看法？」

我這個問題並非想刺探，而是純粹好奇她們的關係。

「有什麼看法……是指？」

把注意力放在其他地方的山村聽到我向她搭話，嚇了一跳如此反問。

「我在想以同伴的角度來看能幹的Ａ班領袖時，不知道有怎麼樣的感覺。」

「這個嘛，我也不是很懂。我本來就沒有跟特定的某人很親近，更不用說我幾乎沒跟坂柳同學講過話。」

如此說道的山村自嘲似的笑了。

也就是說她是因為自己的存在感薄弱，跟坂柳沒有交情。

換言之，那是羨慕可以輕鬆與坂柳交談的時任，純粹是出自嚮往的感情嗎？

「既然這樣，趁這個機會試著約她如何？說不定她比妳想得還要好相處。」

「我實在沒有那麼大的勇氣。」

「那麼鬼頭怎麼樣？在這次的小組行動後，你們的距離應該拉近不少吧？」

「咦……這個，要約男生有點……」

我原本打算開個小玩笑，但是山村比想像中更退避三舍。

「抱歉，這麼說實在太輕浮了。」

即使彼此沒有什麼特別的意思，孤男寡女總是會讓人比較敏感。

「我沒有放在心上。畢竟你應該是為了我著想才這麼說的。謝謝。」

我看向山村，然後環顧現場的學生們。

新的邂逅、新的朋友。

還有真實與謊言，識破的人與遭識破的人。

藉由互相牽制，一直在刺探對方想法的教育旅行。

今後哪一個班級會成為勝者呢？

「雖然現在還辦不到……我會稍微考慮一下的。」

山村在最後補充了這麼一句。

「那樣就好。」

我們就此結束交談，將注意力放到比賽上面。

儘管阿爾伯特展現出強勁的臂力，準確率好像不怎麼高，最終是由須藤的敏捷度與準確的攻擊分出勝負。

無論是怎樣的狀況，須藤在運動方面都能有頂尖水準的活躍，實在很厲害。

堀北也為那樣的須藤送上熱烈的掌聲。

小野寺似乎也在較遠的地方一臉天真地替須藤加油。

緊接著是第二場比賽。即便是男女混合的對戰，不過沒有類似須藤或阿爾伯特那種出類拔萃的學生，與其說是認真的對決，更接近在玩遊戲，是場過程很歡樂的比賽。

過沒多久便分出勝負，雙方互相稱讚彼此的奮鬥，表示很開心，為第二場比賽劃下句點。

「差不多要輪到你上場了。請加油。」

終於來到第三場比賽。我與伊吹，以及堀北隊的戰鬥即將開始。

「山村，我們一起加油吧。」

「咦……？」

聽到我說的話，山村露出愣住的表情。

「我事先拜託洋介也幫妳報名參加比賽。」

「咦、咦咦！我、我辦不到的。別說成為戰力了，只會變成絆腳石而已。」

「要是輸了，我會幫妳代付點數的，用不著擔心。」

「不是那個問題……！」

「妳只要能幫忙湊人數就是充分的戰力了。我們走吧。」

「怎麼這樣……」

我邁出步伐，於是山村雖然有些猶豫，還是追了上來。

要是大家知道少一個人，這支隊伍就會受到所有人注目，這是山村不樂見的狀況。

「我、我真的不管會怎麼樣喔？」

「沒問題的。妳看到剛才的比賽了吧，這只是遊戲而已。」

「可是……也有人不是當成遊戲。」

「我絕對會贏！」

燃起熊熊鬥志的伊吹已經開始意象訓練，她想像著撿起雪並握成球狀，然後扔出去的一連串動作。

「那個不用管她。」

我向山村發出指示，要她退到最後面。

因為對方會從前面的學生開始瞄準，這是要避免她立刻被當成目標。

比起要她丟雪球命中某人，我更希望她能專注於多多享受比賽這件事。

比賽開始後，就跟前面兩場比賽一樣，雪球大多集中在前線戰鬥的學生身上。

另一方面，雖然也有丟歪的雪球或是有人瞄準後方丟出的雪球飛過來，只要多小心一點就不會被打中。

「哇、哇哇！」

山村拚命閃躲雪球，根本沒有餘力做雪球並且扔出去。

不過飛向後方的幾顆雪球中，有一顆以會命中山村左腰附近的角度飛來。

「唔喔——」

為了幫助山村，即使沒有獲得允許，我拉扯她的右手避免中彈。

「抱、抱歉，謝謝你。」

「人數開始減少，前線那些人的戰鬥越來越激烈了。趁現在來做雪球吧。」

「咦、呃……好、好的。」

山村趕工完成的雪球比想像中還大顆。

雖然感覺實在丟不到對面，但是這樣也很有趣，我便沒有多說什麼。

「嘿唷……」

縱使與鼓起幹勁的聲音相差很多，大雪球在空中飛舞。

然後「啪」的一聲掉落在我方的區域。

「啊……」

「別在意，下次做小顆一點比較好丟。」

「好、好的！」

山村連忙再次捏起雪球。

這段期間比賽也一直在進行，學生當中有人命中，有人倒下。

儘管很想設法讓山村至少打倒一個人，不過——

她完成了第二顆雪球，然而過度集中在丟出去這個動作，結果用力過頭，丟出去的距離沒有剛才遠，幾乎是朝正下方丟去。

「啊，嗚嗚——」

因為我方隊伍有三名前衛遭到打倒，對手的視線開始集中在山村身上。

我為了吸引那些人注意，離開山村身邊踏上前線。

然後迅速地捏了顆雪球，並用雪球打中試圖瞄準這邊的中西。

只是這麼做卻適得其反。因為山村忘了閃避，一直拚命看著腳邊的雪，所以輕易被矢野扔出的雪球「啪」的一下命中頭部。

「啊……！」

山村緊握的雪球也空虛出局，她舉起手急忙離開戰區。

雖然有些沮喪，但似乎也有感到懊悔的心情，這些都寫在臉上。

這樣應該也能稍微體驗打雪仗的緊張感和樂趣吧。

之後雙方重複丟雪球與被丟中的行動，越來越多人出局，對方的隊伍只剩下堀北而已。

另一方面，我方則剩下我跟伊吹兩人。從狀況來看，當然是這邊比較有利。

伊吹雙手抱胸站在我的背後。

「礙事。」

「我懂的。」

我沒有避開堀北扔出的雪球，直接用手接住。

用手接球當然是出局。

「你打什麼主意？」

「伊吹想跟妳一對一單挑。既然我們這隊的領袖說會贏，我覺得應該服從她的意願。」

儘管時間不長，但是我實際享受到打雪仗的樂趣，不會再奢望更多。

就算硬是打倒堀北，也沒什麼意思吧。

另一方面，這兩人的實力應該在伯仲之間，她們的對決讓我很感興趣。

「雖然有些不爽，不過算了。畢竟以我的立場來說，這樣就能專心對付伊吹同學。」

「就是這樣，伊吹，交給妳嘍。我的伴手禮費用就靠妳了。」

「吵死了，快點到場外啦。我怎麼可能輸給堀北。」

在許多人的守望下，堀北對伊吹的戰鬥即將展開。

這場戰鬥沒有平手的規則。

假設裁判判斷是同時命中，就意味著繼續進行延長賽。

僅管只是打雪仗，不過對雙方而言，這是場不能輸的戰爭。

「能夠確實分出勝負的戰鬥實在太棒了。」

我們一直戴著手套在打雪仗，但是伊吹在這時脫掉手套，用右手緊握雪球。

這是她捨棄禦寒功能，為了提升投球準確度的戰略吧。

堀北似乎是擔憂寒冷會讓指尖無法精準控球，打算繼續戴著手套戰鬥。

若是短期決戰，伊吹比較有利。如果變成長期戰，就是堀北比較有利——大概是這種感覺。

「抱歉，我完全沒派上用場。」

山村似乎還有些氣喘吁吁，她一邊大口喘氣，一邊唸唸有詞。

「沒關係，妳有稍微感受到樂趣了嗎？」

「有的……假如可以，我好想命中看看。」

如此說道的山村雖然真的很不明顯，確實揚起了嘴角。

即使沒辦法再次以同樣的成員打雪仗，也有機會在某些競賽上對戰吧。

希望她能把懊悔的心情保留到那時，替自己雪恥。

回到觀眾席的我們注目著一對一單挑的兩名女生。

「她們很認真地要一決高下……呢。」

「是啊。」

雖然伊吹打算速戰速決，但是識破企圖的堀北比起攻擊，更優先選擇閃避。

「一直閃來閃去的！」

焦躁與指尖的冰冷讓伊吹開始難以忍受，她逐漸顯露著急的模樣。而在開始拉長的戰鬥中，伊吹朝堀北扔出去的第八顆雪球掠過堀北的臉頰。

「妳差不多該把勝利拱手讓給我了吧！」

「那可不行呢。」

儘管顯露疲憊的神色，伊吹捏出的剛速球再次襲向堀北。

堀北在避開的同時彷彿是要反擊一般，扔出手中緊握一陣子的雪球。

但是真不愧是伊吹。即使感到疲憊還是沒有掉以輕心，雖然有些重心不穩，仍然躲開了。

「妳的疲勞似乎也到顛峰了，就在這邊劃下句點吧。」

另一方面，堀北似乎也不希望再繼續打長期戰，準備展開攻擊。

也就是說，這一記攻擊彼此都做好捨身的覺悟。

這場單挑打了很久。堀北拋向伊吹的雪球在空中散開。

或許是捏雪球的方式不夠扎實，好像輸給了氣勢。

因此是以碎片飛散的形式命中伊吹。

另一方面，即便堀北試圖在即將命中之際閃避伊吹丟過來的雪球，仍沒能澈底避開，雪球掠過左手的衣服。

要說是命中或閃掉，好像都沒錯。

就是這麼微妙的判定。但是不樂見比賽繼續拖延下去的洋介做出判斷。

「堀北同學中彈！伊吹同學獲勝！」

「好耶！」

伊吹激動地握拳叫好，露出滿面的笑容。

雖然堀北試著表現出這不過是打雪仗的冷靜態度，似乎還是露出懊悔的神情。

「看吧，喪家犬！快給我一千點啦！」

伊吹毫不在乎因寒冷而顫抖的雙手，拿出手機逼近堀北。

「真是讓人非常火大呢……用不著這樣催，我也會給妳的。」

「快點快點！快點！快點！快～點快點快點！」

真不知她們的感情到底是好還是不好。

伊吹就這樣在堀北周圍欣喜若狂，得意忘形了好一陣子。

1

這一天，我們在最後又盡情地享受一次滑雪。這次不是各滑各的，而是八個人都來到初學者的簡單路線滑雪。龍園從頭到尾都覺得很無聊的樣子，不過光是他沒有一個人擅自行動就算很好了吧。

然後我也沒忘記在剩餘的時間買好要給一年級生的伴手禮。

這樣愉快的教育旅行第四天，也只剩下今天晚上。

到大浴場泡完澡後，收到一封坂柳傳來的訊息。為了回應她想見面的要求，我前往她指定碰面的大廳。

雖然才剛過晚上八點，今天待在大廳的學生很少。

畢竟是最後一晚，大家可能在吃到飽會場或房間裡有很多話想聊吧。

似乎很早就預測到這種狀況，大廳幾乎看不到學生的身影。

坂柳營造出這種很方便說話的環境，坐在椅子上靜靜等待。

「讓妳久等了嗎？」

「沒那回事，謝謝你特地前來。」

即使沒什麼人，我跟坂柳這種組合就負面意義來說挺顯眼的。

就這層意義來說，很希望她能長話短說……

「儘管期間短暫，這趟教育旅行過得還開心嗎？」

「是啊。我學到了很多至今沒能體驗過的事。最重要的是，能跟其他班級的學生有所交流這件事，真的是很棒的體驗。總覺得也稍微了解了山村和鬼頭。」

我試著提出兩人的名字，不過坂柳看起來跟平常沒兩樣。

「這樣子啊。畢竟綾小路同學對於吸收知識這件事一直很貪心，我並不會感到驚訝。」

「妳跟那兩人感情好嗎？」

試著再深入一點詢問。

「我不會特別重視哪個同班同學。是以平等的角度在看待大家唷。要說感情好也沒錯，要說感情不好也對呢。」

坂柳像這樣曖昧回答，不曉得是真是假。

倘若特別重視某人，那個人會很容易遭到其他學生嫉妒。

身為領袖，或許她真的是對等看待所有人。

「讓我聽聽妳找我出來有什麼事吧。」

「閒聊已經結束了嗎？你該不會是感到著急吧？畢竟要是輕井澤惠同學看到這樣的場面，她可能會懷疑我們的關係呢。」

坂柳彷彿小惡魔一般呵呵笑道。

「與A班代表單獨見面的情況被人看到可不是什麼好事，沒錯吧？」

「呵呵，開玩笑的。我明白唷。」

坂柳以感到有趣的模樣摀住嘴角，然後說道：

「這趟教育旅行中，我知道了很多事情。在回到學校前，想先跟你說一下關於在體育祭與你接觸的那個人物的事。」

那是我跟坂柳都缺席體育祭，在我房間談話時的事。

關於那個隔著玄關的門向我搭話的男人……是嗎？

「原來如此啊。這個話題還真讓人感興趣。」

「太好了，看來綾小路同學也對那個聲音的真面目感興趣呢。」

「至少是有些想法。」

包括對七瀨的感覺，就連那通電話的主人究竟是敵是友，其實依然曖昧不明。

「那麼我反過來問，你認為他是怎樣的人物呢？他也有可能跟天澤一夏學妹和八神拓也學弟一樣，跟你同個地方出身嗎？」

「不，那不可能吧。如果只是妳跟對方互相認識，也無法完全排除那種可能性，但那傢伙稱呼我的父親為『綾小路老師』。這是很大的不同點。」

「你的意思是？」

「倘若是White Room學生，首先就不可能稱呼『綾小路老師』。」

這是在White Room長大的人們共同的部分。

「可是應該沒人能保證一定是那樣吧？假如跟綾小路同學是不同世代，方針也有可能多少不同吧？」

「的確不能說是百分之百。這終究只是我的主觀這麼覺得。還有一個很大的因素是那個男人──只要想到他是在我父親去年造訪這所學校時打電話給我，也能夠推測他是站在我父親旁邊的人。而且妳也說過那個聲音聽起來很耳熟，就表示他是離政治圈或財金領域很近的人吧？」

這樣也能解釋他特地使用老師這個稱呼這件事。

儘管有些驚訝，坂柳仍一臉開心地閉上雙眼，點了點頭。

「你說得沒錯。忠告或建議什麼的，或許是多餘的判斷呢。我已經大致猜到聲音主人的真面目，但是現在還不確定。想趁今天這個機會弄清楚這件事，所以才會找你出來。」

我盯著坂柳放在膝上的手機。

「但在釐清所有事情前，我找了應該知道那個男人的人物過來。等一下就到了。」

「妳是說在二年級生裡面，有人跟那個男人有關係嗎？」

「我推測你的腦中應該還沒想到可能的人選，如何呢？」

答對了。我對於坂柳究竟在指誰絲毫沒有頭緒。

當然了，聲音的主人以一年級生的身分度過校園生活，即使在二年級生裡有比較親近的人也不奇怪，但應該不是那麼回事吧。至少必須是更清楚我方內情的人，否則就沒理由找他過來。除了坂柳以外，還有哪個二年級生知道White Room或我父親的真面目，或者這兩件事都知道的嗎？

「在那個人抵達之前，我們繼續聊些無關緊要的閒聊吧。」

「那麼做好像比較好啊。」

一直保持沉默任憑時間流逝，不能說是聰明度過教育旅行的方式。

「對於這次的分組，綾小路同學有什麼感覺？」

「各個學生填寫的表單肯定有很大的影響吧。不只是自己這一組，就我所見範圍，感覺是把所有極端評價的學生都被分配到同一組。」

「我有同感。評價最高的學生、評價最差的學生。還有不屬於任何一邊的中間層。雖然無法套用在所有小組上，但是肯定存在那樣的偏差。校方是安排成最容易影響到今後的組合吧。」

「就這個趨勢來說，我也有一件事想問妳。」

「這還真令人高興呢。如果你有事想問我，請儘管問。」

「妳對學年末測驗有什麼看法？」

這次教育旅行的分組，一定會對將來造成影響。

坂柳一臉高興地閉上雙眼，看似滿足地點了兩、三下頭。

「跟綾小路同學聊天真的很快樂呢。你總是跟我抱持同樣的想法。學年末測驗應該會是比去年更殘酷的內容吧。」

就算出現一、兩個退學者也不會吃驚。坂柳看起來像是已經有這種程度的預測。

「有保護點數的妳應該穩如泰山吧，但是因為落敗而失去的班級點數依舊不變。到目前為止一直遙遙領先的狀態遭到打破，妳不會感到不安嗎？」

「你認為我會在跟龍園同學的直接對決當中落敗嗎？戰勝他可是既定路線唷。」

果然坂柳也跟龍園一樣，壓根兒沒想像過自己會輸嗎？

「他的行動的確很有意思。有個詞叫做『Giant Killing（屠殺巨人）』，有時候弱者似乎也具備能夠狩獵強者的力量呢。但是在跟我的對決中，那種事情不會成真。至少明年會是我與綾小路同學的班級競爭。」

屹立不搖的自信。

雖然也有最終打成平手的情況，應該可以認為那是例外吧。

在學年末測驗的舞台上，很難想像校方會制定可以輕易打成平手的規則。

從去年跟A班的戰鬥當中也能窺見這點。

「還是說——你認為我會敗北？」

「天曉得，這很難說。」

現階段連測驗內容都猜不到，很難多說些什麼。

但要是這麼告訴坂柳，她更會覺得非她所願吧。

因為這等於是在暗示根據測驗內容，坂柳也有可能落敗。

無論他們誰輸誰贏——

「對於綾小路同學而言，我跟他不管是怎麼樣的結果都不影響計畫——是嗎？」

正因為思考有所連結，坂柳也非常清楚我的想法。

「不過，綾小路同學，未來未必總會變成你所想像的樣子。」

「這句話什麼意思？」

就在我這麼反問時，坂柳將食指貼在嘴邊。

看來似乎是預定的訪客出現了。

「讓妳久等了。」

或許是沒有聽說我也在場，神崎有些驚訝地站到我身旁。

不過，居然是神崎。至今與他相處的過程中，沒有印象我們過去有什麼關聯。

「這麼一來，需要的人物都到齊了，那就開始吧。事不宜遲，能請神崎同學過來這邊嗎？」

「坂柳，這究竟是怎麼回事？」

坂柳露出微笑向不明所以的神崎招手，讓他站到自己身旁。

神崎一臉疑惑地雙手抱胸，似乎還沒理解這是什麼狀況。

關於這點我也一樣，這種配置有什麼意義嗎？

「首先，綾小路同學。看到我跟神崎的組合，你有什麼想法呢？」

「什麼想法？」

「請讓我聽聽你直率的感想。」

「只會感覺到突兀而已。因為至今不曾看過妳跟神崎有所交流嘛。」

實際上看到他們像這樣待在一起，更是確實呈現出突兀感。

「我想也是呢。以這所學校的學生角度來看，我跟神崎同學沒有交集。我們並非同為領袖的立場，應該也沒有人看過我們有所私交的樣子吧。實際上，我跟進入這所學校就讀後的神崎同學幾乎沒說過話。」

「我有幾年沒像這樣跟你聊天了？」

換言之，坂柳似乎想說她在入學前跟神崎聊過好幾次。

「誰知道呢。如果是指沒有透過某人傳話的情況，應該至少有三、四年了吧。」

他們似乎彼此都不記得明確的時間。

「可以問你們是怎麼認識的嗎？」

「因為雙方家長有交情。話雖如此，但也並非坂柳家與神崎家有直接的關聯。如果父母還算出名，就會經常被找去參加派對呢。」

坂柳的父親是這所學校的理事長，而且也知道White Room，從這幾點來看應該不用懷疑他們也算是相當知名的家世。

「神崎同學的父親大人擔任神崎工程這個企業的代表。」

這兩人的共通點是同樣屬於財金這個領域嗎？

假如真是這樣，就能理解我為何不會對神崎抱持疑問。

「你們究竟在說什麼？告訴綾小路這種事有什麼意義？不，在那之前，先讓我聽聽找我出來

的理由吧。」

「這個話題正是關係到找你出來的理由。」

「不懂妳的意思。」

「希望你能詳細告訴我們關於在本校就讀的石上學弟的事情。」

這時神崎的表情變得更加僵硬。

「妳說關於石上的事情……？」

石上？在二年級生裡應該沒有人叫石上，符合這個姓氏的學生只有一年級生而已。

「……原來是這麼回事啊。妳也對石上感興趣嗎？」

「你可以當作是那樣也無妨。」

「但綾小路又是為什麼？他跟石上沒有任何交集吧。也很難想像那個男人會毫無意義地與其他年級的人接觸。倘若有那種情況，頂多就是發生糾紛的時候吧。如果是龍園也就罷了，很難想像綾小路會做那種無謂的事。」

神崎以自己的方式詳細說明狀況。

「不是現在，而是過去的交集唷。」

「什麼……？」

「還不明白嗎？你應該也對綾小路這個名字有深刻的感受。」

「這是什麼——不，難道說……」

神崎似乎察覺到什麼，反覆地看向坂柳與我。

「你居然這麼晚才發現呢。當然了，這也不奇怪就是了。」

「……原來是這樣嗎？」

坂柳的話似乎讓神崎理解了什麼。

然後他一臉苦惱地仰望天花板後，重新看向我這邊。

「綾小路……嗎？想不到你竟然是那個人的孩子啊。」

從這句話只能知道一件事——

就是神崎應該也認識叫做綾小路的人物，或是心裡有數。

還有那個人就是我的父親這件事，已經不言而喻了吧。

那個男人與財金相關人士有很深的關聯，這是必然的發展。

「這樣能消除你對我跟綾小路同學同席的突兀感了嗎？」

「是啊。原本以為妳只是對綾小路的實力感興趣，但並不是這樣啊。妳從什麼時候開始知道他是綾小路老師的孩子？」

「當然是從在這所學校目擊他的瞬間開始。因為我跟神崎同學不同，看過小時候的綾小路同學，對吧？」

雖然她沒說是在White Room看過的，不過這個回答簡直就像自認是我的青梅竹馬。

「難怪他並非等閒之輩，如果是那個人的孩子……怎麼可能不優秀。」

似乎能夠理解了，神崎的眼神直直看向我。

「我的父親很仰慕綾小路老師，我曾經在派對等場合直接見過他幾次。只有一次有好好地說到話就是了。」

只要透過坂柳理事長有間接的關聯，也會出現這種情況，這就是一個好例子。

話說回來，神崎似乎對那個男人感到尊敬。因為我完全不曉得那個男人的私生活，根本無法想像他在神崎面前做了怎麼樣的對應，無法否認我們有認知上的偏差。

「在我內心對你的評價一直搖擺不定，現在總算能夠固定下來。既然堀北班有綾小路老師的孩子，也難怪會這麼棘手。」

看來神崎對我的父親有極高的評價，只見他一臉高興地表示認同。

「那麼，既然已經成功修正認知上的偏差，繼續剛才的話題吧。綾小路同學應該不知道關於石上學弟的事吧？」

「我第一次聽說。」

那個名叫石上的學生，似乎就是與我們接觸的人物。

「他是十分仰慕令尊的青年之一。神崎同學應該非常清楚吧？」

「……對，因為那傢伙好像醉心於綾小路老師。雖然我沒有隨口向老師搭話的勇氣，但是石上不同。不知從何時開始，他真的很積極地找老師搭話。」

「石上學弟的年紀比我們小一歲，目前是以一年級生的身分過著學生生活。」

仰慕那個男人的男人進入這所學校就讀，然後不知為何幾次跟我聯絡，在文化祭時還間接幫忙排除八神。

我還無法看透那個名叫石上的男人有什麼目的。

「我想妳應該有機會與一年級接觸，不過妳是從何時開始注意到石上的？」

「看到ＯＡＡ立刻就注意到了。只不過他並非那種會主動登上舞台的人，所以一直找不到機會跟他說話。與Ａ班的交流是透過高橋學弟，而且他似乎也刻意避免跟我接觸。」

坂柳本身好像也不打算勉強與他接觸啊。

「他很優秀嗎？」

「跟他較為親近的神崎同學，大概比我更清楚這方面的事吧？」

坂柳交給神崎說明，但是他看起來一點都不高興。反倒正好相反的樣子。

「我跟他並不親近。只是曾經跟石上在同一間補習班上課罷了。如果要老實回答綾小路的問題，他無庸置疑是個天才吧。他有許多我根本想不到的創意，唯一可以確定的是我曾經近距離目睹過。」

神崎好像看石上不順眼，還是像在承認事實一般這麼回答。

「似乎是這樣。即便只是神崎同學的觀點和想法，應該能當成參考吧。」

「不過這又怎麼樣？現在的石上只要放著不管就行了吧？」

「你無法想像嗎？他很尊敬綾小路同學的父親大人。既然如此，就算他為了確認那個人的兒子實力如何，進入這所學校就讀也不奇怪。」

坂柳隱瞞關於White Room的情報，巧妙地誘導話題。

「妳說石上為了確認綾小路的實力……？無法斷言沒有那種可能啊。」

神崎對照自己認識的石上個性，似乎有了一定程度的釋懷。

「我們二年級生在互相競爭。即使神崎同學的班級慢了一步，最後誰勝誰負果然還很難說。在這種狀況中，如果石上學弟今後為了知道綾小路同學的實力，採取一些不必要的手段，你不認為那樣很不公平嗎？」

「我不是不懂妳想說什麼。只不過為何這麼偏袒綾小路？會成為競爭對手班級的學生，無論有什麼下場，應該都跟妳沒關係吧。」

倘若放著不管，石上會自動幫忙妨礙競爭對手班的一名學生。

無論任誰來看，對坂柳而言這顯然是一件好事。

「我只是想純粹享受樂趣。我的任務是擊潰包括他在內的堀北同學班。倘若突然有人從岔路跑出來搶走目標，會讓人很不甘心不是嗎？」

坂柳輕笑一聲後，向神崎道謝。

「神崎同學，謝謝你。接下來我想跟綾小路同學兩人一起擬定對付石上學弟的策略。」

雖然是道謝……但是其中強烈蘊含礙事的人快滾這種意思。

「我可不打算跟石上扯上關係，這樣反倒值得慶幸。」

神崎毫不猶豫地回答並邁出步伐。

「綾小路，最近有機會再聊聊吧。我有很多關於那個人的事情想問你。」

神崎熱烈盼望聊些關於我父親的話題，然而我其實一無所知。

總之，現在先簡單點個頭回應是最保險的做法吧。

「那麼，綾小路同學。我們來對一下答案，看石上學弟是否真的是正確答案吧。」

「妳打算怎麼做？」

「當然是直接問他本人。這樣最快吧？」

拿出手機的坂柳以流暢的動作按下十一位數的號碼。

她似乎已經事先調查完畢，拿到了石上的電話號碼。

坂柳切成擴音模式打電話給石上，只見鈴聲沒響幾聲便接通了。

『坂柳，我就覺得妳差不多要打電話來了。』

石上一接起電話，便用不出我所料的語氣這麼說道。這個聲音無疑是去年打電話給我的人物，也是在體育祭與我接觸的人物。

「你的反應還真快呢。」

『事先有告訴他們如果有一年級生以外的人問我的電話，要向我報告。』

「真該說不愧是你嗎？我從裡到外都聽說過你的傳聞唷。」

也就是說他彷彿布下蜘蛛網一般，經常在收集情報。

「你應該可以更早來向我搭話的吧？」

『我刻意避免與妳接觸。妳應該也沒必要跟我扯上關係吧？』

「那可不成。因為我覺得有一件事必須先向你確認清楚，就是你今後是否打算擋在綾小路同學面前。」

『那麼我問妳，假如我阻擋他，妳打算怎麼做？』

「雖然壓根兒不覺得綾小路同學會敗給我以外的人，被人從旁阻擾還是很不愉快。如果你打算介入，或許只能由我來阻止。」

『由妳來阻止我？假如要做那種白費工夫的事情，倒不如選擇無視吧。我是因為綾小路老師推薦才選擇這所學校。為了以普通的學生身分生活。』

聽他的語氣，像是抱持跟我類似的想法進入這所學校。

『妳可以當作我目前並不打算在這所學校除掉綾小路。』

「你說『目前』嗎？這個說法還真讓人在意呢。」

『萬一綾小路老師給予指示要排除他的兒子，我會照辦。就只是這樣。』

他那種總是很冷靜的語氣，感覺也不像是在說謊。

「在我不知情的時候，你的忠誠心好像提升了不少呢。」

『坂柳，勸妳別再深入追究了。如果希望待在綾小路身旁，就更應該這麼做。』

唯一可以確定的是他是用很強烈的態度警告坂柳，繼續深入不是燙傷就能了事吧。

『我不打算叫你隱瞞我的事。綾小路遲早都會知道我的存在。所以由妳警告他吧。為了守護這種校園生活，什麼才是最好的選擇？不，假如他現在正在聽這通電話，就沒必要這麼做嗎？』

他沒有確切的證據吧。但還是考慮到我在偷聽的可能性。

「假如我有想到會告訴他的。下次會在學校找你打聲招呼。」

這時坂柳似乎判斷已經足夠，單方面結束通話。

「果然是他呢。雖然他好像本來就不打算隱瞞的樣子。」

「看來是那樣啊。如果他是為了盡情享受學生生活才來這所學校，以我的立場來說，今後也不打算跟他扯上關係。」

至少到目前為止的感覺，與石上的對話感受不到危險性，在剛才的電話中也一樣。既然我的

父親可能從一開始就沒打算讓我退學，我也沒必要慌張。

「這樣啊。那麼我會尊重綾小路同學的選擇。」

「還是先向妳道謝。因為多虧了妳，我才能知道石上的存在。」

「畢竟可以在某種程度得出方針，讓你在這邊待太久也很過意不去呢。只不過最後可以讓我說完剛才講到一半的話嗎？」

「記得是未來未必總會變成我想像的樣子——是嗎？」

坂柳這種說法確實讓我很好奇。

「啊，綾小路同學！」

不巧的是正當我們準備繼續剛才的話題時，有人向我搭話。

「那個，你有看到小帆波嗎？」

看起來有些慌張地快步走在走廊上的網倉向我搭話。

「不，我沒看到。一之瀨怎麼了嗎？」

「就是教育旅行也快結束了不是嗎？所以我們班打算大家聚集起來聊天到熄燈為止，卻找不到最重要的小帆波。」

似乎有不少人都在尋找一之瀨，即使是在我們交談的時候，也可以看到D班女生匆忙走過網倉的身旁。

「照這樣子來看，妳們已經調查過浴池和房間了啊。」

「聽說她傍晚時露出想不開的表情……所以我覺得有些不安。」

網倉十分擔心，這時跟她同班的女生前來向她搭話。

「小麻子，剛才請人幫忙檢查了一下，小帆波的浴衣好像還在，大家在想她會不會是到外面去了。」

「咦，外面？可是就快要九點嘍？而且她的小組成員都待在旅館裡吧？」

校方允許我們在晚上九點前外出，可是如果她是單獨外出，那麼就是大問題。

「我再去檢查一次大浴場！」

網倉不想繼續站在這邊說話浪費時間，她如此說了一聲之後便邁出步伐。

一之瀨在這種時間不見人影確實讓人很擔心。

「剛才的話題就等下次再繼續聊吧。請你去尋找一之瀨同學。因為對你而言，現在一之瀨同學的存在還是不可或缺的吧。」

「抱歉啊。」

向坂柳道別後，我離開大廳。既然校方禁止脫離小組單獨行動，一之瀨並非會毫無意義打破學校規則的學生。

即使有什麼煩惱的事情，她的基本原則也不會變吧。

我從旅館的走廊看向外面，只見雪花正在靜靜飄落。

假如一之瀨真的去到旅館外面——能去的地方反而會受到限制。

我回到房間換上便服，穿過旅館的後院前往外面。

前方有座高台，能夠看到夜晚點燈的景觀。

這裡正是會在晚上九點的門禁時間上鎖的地方。如果是還算在旅館範圍裡的後院，就沒必要滿足小組行動的條件。

即使有燈光照亮腳邊，地上堆滿了雪，還是十分危險。

許多學生都在來到這間旅館的第一天或第二天爬上高台。

因此沒什麼學生會想在雪花紛飛的寒冷天空下再去觀賞一次吧。

更何況是旅行的最後一天。一般人都想待在旅館悠閒度過吧。

在黑暗前方亮起的光芒

將近晚上九點的這個時段，外面會吹起相當冰冷的寒風。

雖然設置在階梯各處的燈發出淡淡的光芒照亮腳邊，但是因為也在下雪，很難說安全受到充分保障。

為了避免摔倒，我一邊踩踏雪地，一邊沿著好幾十階的階梯往上爬。

應該沒什麼人這麼特立獨行，挑在這種時間過來這種地方吧。

在連自己呼出的氣都看不見的黑暗當中往前進，抵達較為寬敞的高台。

在打造成木造露台的那個地方……找到一個嬌小的背影。

正在注視景色嗎？由於夜色昏暗，那個背影看起來異常悲傷。

周遭當然沒有其他人的身影。

據說吃飯時還有看到她的身影，不知是從何時開始待在這種地方的？

因為風聲很大，對方似乎沒注意到我正在靠近。

為了盡可能不要嚇到她，我用力踩踏地面。

或許是聲音微弱地傳到耳邊，我在她做出反應時開口搭話：

「可以站在妳旁邊嗎？」

「咦——綾、綾小路同學？」

「真巧啊。」

「真、真巧、呢。」

一之瀨一臉尷尬地將視線轉向夜景。

「抱歉，其實不是巧合。網倉她們說沒看到妳，正亂成一團。她說她們打算一起聊天聊到熄燈時間，想要找妳加入。」

「是這樣嗎?怎、怎麼辦，引起騷動了嗎？」

「稍微呢。總之我先傳個訊息給她，這麼一來網倉也能放心吧。」

「你跟小麻子……交換聯絡方式了嗎？」

「畢竟我們在教育旅行是同個小組嘛。經常需要互相聯絡。」

我傳送已經找到一之瀨，還有我們會在九點前回去，所以不用擔心的訊息給網倉。送出訊息後，網倉很快就已讀了。

知道一之瀨人在哪裡後，網倉傳了兩個感到安心的貼圖給我。

「她收到了。總之這下子騷動應該就會平息。」

「對、對不起唷。」

「沒關係。這裡還算是旅館的範圍，妳也並非違反門禁時間。校方允許我們進入後院的時間是到晚上九點，如果會在那之前返回旅館，要待在哪都是個人的自由。」

「嗯……謝謝你。」

她沒有開口說因為不想讓人擔心所以要回去，表示內心有什麼想法吧。

雖然教育旅行是一段快樂的時光，但是無論如何都必須跟許多學生一起共有時間。

「無論是誰都會有想獨處的時候。就這層意義來說，我應該也很礙事就是了。」

對於我的這番話，一之瀨沒有任何回應。

她只是一直注視夜景。

「好冷啊。」

「……嗯，很冷呢。」

即使隔著手套，一旦寒風吹來就會感受道刺骨的疼痛。

「妳從什麼時候開始待在這裡的？」

「是什麼時候呢……大概五分鐘前吧。」

即便她這麼回答，不知是否覺得會被我識破，立刻一臉尷尬地訂正。

「對不起。我可能待在這裡三、四十分鐘了。」

「我想也是。因為一時找不到妳走上階梯時的腳印。」

直到我上來為止，甚至沒有任何確切的證據顯示一之瀨就在這裡。

假如她是幾分鐘前過來的，即使是在黑暗當中，也能清楚看到腳印吧。

下個不停的雪慢慢變小，然而寒風依然強勁。

「我想妳應該也很清楚，在這裡待太久會感冒喔。」

「也是呢……」

一之瀨發出彷彿事不關己的低喃，然而沒有要聽從忠告的樣子。

然後過不了多久，幾乎沒有雪花飄落了。

只不過這應該只是暫時的吧。根據天氣預報，應該很快就會有強烈的暴風雪來襲。

「我要說句不解風情的話。妳一個人注視夜景，究竟在想些什麼？」

雖然大概猜得到，還是要聽聽她本人的說法才能知道答案。

儘管我試著這麼詢問，一之瀨仍然沒有立刻回答。

她只是一直注視著景色，看也不看我這邊。

「我現在……想要一個人獨處吧。」

委婉的拒絕。主張她沒有尋求說話對象，催促我趕緊離開。

或者這番發言可能只是不想讓我接近而已。

「我實在無法把現在的妳一個人留在這裡自己回去啊。下去的時候特別危險。」

「謝謝你這麼擔心。可是輕井澤同學要是知道你跟我兩個人在這種地方獨處，她會很傷心唷。因為我絕對不能接受這種事。」

這並不是沒有人會過來這裡的問題吧。

就連這種時候都在顧慮別人，實在很像一之瀨的作風。

「的確，如果被惠看到，她八成會誤會吧。」

「嗯。」

「妳真的不要緊吧？」

「嗯。」

一之瀨跟剛才一樣再次簡潔回答，她果然還是不肯將視線從景色上面移開。

於是我離開她的身旁，背對著她。

「那我回去了。只不過記得要在九點前回來。門會上鎖喔。」

「謝謝你，路上小心唷。」

就在我往前踏出一步時，只停了一瞬間的雪花再次飄落。

比剛才雪停之前更加猛烈的風雪回來了。

轉頭看了一下，一之瀨的背影跟我發現她在這裡時毫無改變。

她的背影變得相當嬌小又脆弱。

最後一次看到剛入學時那個活潑的一之瀨帆波的身影，是什麼時候的事了？

與其說是在教育旅行發生了什麼，更像是日積月累的壓力。

出現裂痕的杯子已經來到不斷累堆的水即將溢出的階段。

在此時掉頭就走很簡單。不過這是一個分歧點。

一之瀨受到侵蝕的感情，就我所見已經來到相當危險的階段。

如果只是水溢出來還算好的。

要是裂痕繼續擴大，導致杯子整個碎裂，或許就無法恢復原狀。

那也是一之瀨班的末日。他們前往A班的道路將被封閉。

她的班級不該在現在這個瞬間沒落。

那樣會影響到我的計畫。

「我在這裡等妳。」

如此說道的我決定坐在通往旅館的階梯。

「……為什麼？」

「到底是為什麼呢。」

「我的事情跟綾小路同學沒有關係吧。為什麼……要等我？」

「天曉得。」

我隨口搪塞過去。現在沒有任何應該親口告訴她的話。

一之瀨應該很想趕我走吧，既然沒有強制力，她也只能放棄。

如果她無論如何都不想跟我待在一起，最好的辦法就是離開這裡。

接下來的幾分鐘。

真的是一段什麼事都沒發生的安靜時光。

「這是……隨便閒聊喔？」

似乎是難以忍受兩人獨處的沉默，或是認為無可奈何，已經看開了。

一之瀨用如果在想事情，感覺就會漏聽的音量輕聲低喃：

「其實我一直有一件事想問綾小路同學。」

這樣比她一直保持沉默到剩餘時間結束要好得多。

也能讓我暫時忘記冰雪襲向屁股的冰冷吧。

「你知道……White Room嗎？」

原本心想這種狀況會出現怎樣的閒聊，卻冒出一個與腦中浮現的幾種可能性都截然不同，令人大感意外的詞彙。

為何會從一之瀨口中冒出White Room這個詞呢？

坂柳的身影瞬間浮現腦中。

畢竟最近因為班級之間的合作，各班領袖們有時也有親密的交流。

只不過我不認為坂柳會輕易說出這種事。

既然如此——

一之瀨好像是在無人島考試時，受到月城那邊的人威脅。

就算她從那邊記住White Room這個關鍵字，也沒什麼好驚訝的。

「我不是很懂妳在說什麼。」

「是嗎……如果你不知道，就別放在心上。可能是我聽錯了吧。」

如此說道的一之瀨待在寒冷的天空下，忽然不再開口。

然後「呼」的一聲吐出白色的氣息。

至於她是否完全相信我的回答，感覺有些難以判斷。

為求保險起見，我也稍微追問一下比較好吧。

「妳在哪裡聽到那個詞的？」

為了讓她覺得我完全沒聽過那個詞彙，我選擇從這裡切入。

如果一之瀨沒有老實地回答，只要停止追問就好。

「是在無人島考試時，聽到當時的代理理事長與司馬老師在說話。雖然能清楚聽見的部分很少，但是聽到他們想讓綾小路同學退學這件事，還有White Room這個詞。我十分好奇，也試著上網搜尋，也沒查到疑似相關的資料，果然是聽錯了嗎？」

「這可難說，至少我對類似的關鍵字沒有任何頭緒。」

如果她甚至自己上網搜尋過了，應該也對記憶的正確性感到半信半疑吧。

「不過老師們為什麼企圖讓你退學呢？已經沒事了嗎？」

這也是她一直很想問的事吧。

然而一方面也是因為我跟惠在交往，一之瀨似乎一直把疑問藏在心裡。

「那件事解決了。雖然不能說出詳情，但是沒有問題。」

我刻意跟White Room切割，讓她感覺好像有其他不同的祕密。

因為White Room的內情如果洩漏給外面的人知道，之後會比較麻煩。

「這樣呀……」

或許是我回答不能說，讓她內心稍微有些疙瘩吧。

究竟是不能告訴任何人，還是不能告訴一之瀨呢？這會讓這句話的解釋產生很大的變化。

可以看出她因為自己或許沒被當成共有祕密的對象，因此大受打擊。

再繼續談論這些話題對一之瀨也沒有好處，所以這次換我提出話題。

「我也有問題要問妳。我知道的一之瀨不是會在這種地方孤獨地瑟瑟發抖的傢伙。而是被同伴圍繞，與同伴一同歡笑，互相鼓勵的學生。」

我蘊含著「妳打算在這裡待到什麼時候」的含意詢問。

「我充分享受旅行，樂在其中唷。」

「剛才看到妳的側臉時，看起來不像是樂在其中啊。很難想像那是會在只有快樂回憶的教育旅行當中流露的表情。」

即使是這樣的互動，對現在的一之瀨而言也是必要的吧。

將她原本想深藏在心底，無法告訴任何人的部分暴露出來。

身為班級領袖一直承受沉重壓力的一之瀨一直背負的事物。

「你無論如何都打算在那邊等嗎？」

「沒錯，要下去時跟妳一起下去。」

「……這樣呀。那麼至少過來這邊吧。屁股會著涼唷。」

「真是太感謝這樣的邀請了。我的屁股差點就要凍僵了。」

我急忙起身拍掉沾在屁股上的冰雪，走回一之瀨身旁。

側眼看著一之瀨的側臉，還是跟剛才一樣沒變。

我剛才用手機確認時間時，大概是八點四十分。把回去的時間也算進去，大約剩下十分鐘可以在這裡逗留。

如果一之瀨想默默待到時間到，那樣也不錯吧。

我抱著奉陪到底的打算，決定等待一之瀨的反應。

每當寒風吹起，冰雪便跟著飛舞。

在這種狀況下經過幾十秒時，一之瀨張開嘴巴。白色氣息「呼」的一聲在空中消散。

「就憑我的做法……已經贏不了任何班級。我一直在思考這些事。」

八成是意料之外的淚水滑落一之瀨的臉頰。

「贏不了，是嗎？妳不是打算用最真實的自己毫不猶豫向前衝嗎？」

「然而都是因為我這麼做——」

儘管有些吞吞吐吐，一之瀨還是編織出話語。

「是呀，沒錯。但是……付出的努力得不到成果。我們班確實離A班越來越遠。無論由誰來看，這都是顯而易見的事。」

「妳認為原因出在妳的想法嗎？」

「假如我能像坂柳同學那樣指揮同班同學，能像龍園同學那樣充滿力量領導大家，能像堀北同學那樣與人合作……我就是忍不住會這麼想。」

「妳這是在強求自己沒有的東西。自己就只是自己，無法變成其他人。」

就算我不這麼說，她也知道這種事。

即使知道，有時還是必須說出來。

「強求自己沒有的東西。嗯，是呀。我現在……想要那種得不到的東西。」

「即使要改變自己也一樣？」

「如果能贏……那樣也無所謂。」

一之瀨正在追求變化。那麼做正確與否是其次，她正拚了命想突破僵局。原本這邊還不是我應該伸出援手的場面。

不過自從我在無人島聽到一之瀨的告白後，發生了幾件對我而言也是出乎意料的事，這是造成一之瀨衰弱至此的最主要原因。

距離與一之瀨的約定之時還有三個月以上。

在約定之時到來前，她真的能在沒有任何援助的狀況下跨越難關嗎？

不，現在這種狀況不該帶入我一廂情願的想法。

此刻一之瀨的內心因為受挫，已經快要氣餒。

服毒的效果比預料的時間更快顯現，開始遍布她的全身。

她對我的愛慕之情，以及輕井澤惠的存在。

導致班級一直向下沉淪，找不到往上浮的契機。

雖然神崎和姬野已開始行動，還是應該認為同伴的成長來不及補救。

也看不見她身為學生會成員，今後會有怎樣的下場。

前途茫茫。四面楚歌。如墜五里霧中。

「好不甘心……我好不甘心呀……」

自己的弱小無力。

那化為強烈的罪惡感，襲向一之瀨。

「好不甘心、呀……」

如果這是她自己一個人的問題，只管沮喪就行了。

但是率領班級的一之瀨不允許垂頭喪氣。

班級的失敗都是自己的責任。

因為一之瀨這麼想，才會發生這種現象。

「對不起喔，綾小路同學……」

顫抖的聲音強烈述說她的懊悔。

「這是在為了什麼事賠罪？」

「有很多、很多事情……就算我像這樣哭泣，明明也只會讓你感到困擾而已……」

照理來說一之瀨應該更加睿智且聰明。

她隱藏的潛力已經完全消聲匿跡。

過於脆弱的內心。

無比致命的弱點。

無論是堀北或龍園，還有走在前頭的坂柳，都不會為她停下腳步。

掙扎、折磨，然後在原地倒下，這是種難以承受的痛苦吧。

只要溫柔告訴她沒有必要繼續加油，她就能從重責大任當中獲得解脫。

不過，一之瀨會在此同時失去雙腳。

那樣還太快了。

妳倒下是再之後一點的事。直到學年末測驗將二年級生的命運劃分開來那時為止，不能讓妳停下腳步。

我不會允許妳壞掉。

作為一個學生的生死，決定其時間與地點的人是妳也不是妳。

我拉近與一之瀨的距離，從忍受悲傷的一之瀨背後伸手。

然後將手放在她的右肩上，將她攬到自己身邊。

「唔！綾、綾小路、同學？」

「覺得難受時就哭出來吧。覺得痛苦時可以求救。無論是誰都有脆弱的一面。」

「……可、可是……」

一之瀨咬緊開始變得蒼白的嘴唇，將話語吞進肚裡。

雖然她的身體試圖往反方向逃走，但是力量十分虛弱。

「妳不是還有想要的東西嗎？」

「……不行。我想要的東西已經……」

「已經得不到了——嗎？」

一之瀨拚命壓抑從喉嚨深處——不，是從內心深處溢出的話語。

儘管如此，一之瀨原本應該不打算肯定，不過還是微微點頭。

「那種事總會有辦法——我是這麼認為的。」

「可是——」

「如果妳無法鼓起勇氣踏出那一步，我也可以幫妳。」

我用指尖擦拭她滑過臉頰的淚水，發現她的臉頰已冰冷到彷彿快要凍結。

她早已沒有力氣逃走。

反倒像是要將一切都交給我似的放鬆力量，委身於我。

在遙遠的大地一邊注視雪花紛飛的夜景。

這一天，我們在寒冷的天空下互相依偎，感受彼此的溫度。

後記

嗨，我是衣笠，是你們的朋友喔！

過得還好嗎？嗯嗯，已經四個月沒見了呢。

有一件重要的事想立刻跟大家報告，希望可以聽我說。

……好的，有一件事情要賠罪。到目前為止，在二年級篇裡登場了好幾次的一年A班的角色「石上京」，他正確的姓氏是「石上」，「石神」是個天大的錯誤。這麼晚才向大家報告這件事，真的非常抱歉。

至於詳細的原因——大概是我太累了吧！既然這樣，那也沒辦法！

人難免會犯錯，還請各位用關懷的眼神原諒我喔。

相信讀到這邊，每位讀者都溫柔地笑著原諒我了，所以這件事到此為止。

今後還請多多關照正名的石上同學和衣笠同學。

那麼，這次因為是教育旅行篇，直接進入第八集，讓人絲毫感受不到「不是應該接七・五集的寒假嗎？」這種發展。話是這麼說，本書內容可能類似中場休息的劇情，但同時也是連接到今後故事的重要部分。

下次的第九集，應該就會進入第二學期尾聲，十二月的故事吧。

預計在那之後接續寒假的故事。

以前好像在哪說過二年級篇以後的故事會比一年級篇短，不過說不定長度會變得差不多，或是稍微多一點。

人難免會犯錯，還請各位用關懷的眼神原諒我喔。

然後關於動畫，也請讓我稍微說幾句話。

夏天的第二季動畫（註：此為日文版出版情形），不知各位還滿意嗎？

即使多一個人也好，希望睽違五年的動畫能夠讓更多人看得開心。我已經非常期待下次的第三季動畫，並用這件事鼓勵自己繼續努力執筆。

今年也即將邁入尾聲，如果各位能夠繼續從多方面支持《歡實》，我會很高興的。

雖然還有點早，希望明年也能活力充沛地在後記與各位相見。

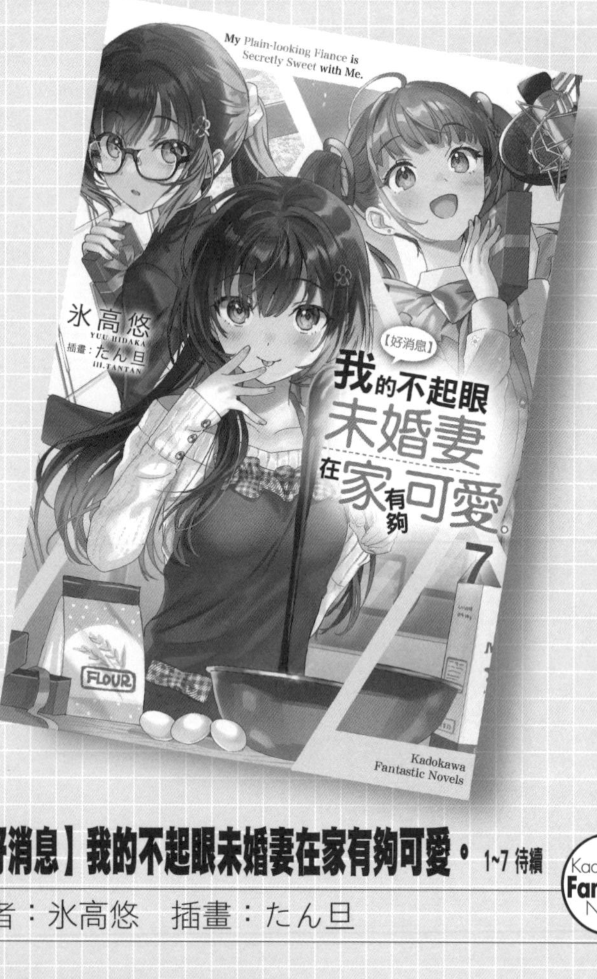

【好消息】我的不起眼未婚妻在家有夠可愛。 1~7 待續

作者：氷高悠　插畫：たん旦

情人節＆結花的生日將至，
我們也迎來了重大的「轉機」！

在同學們的推波助瀾下，結花在學校對我表白？我也要克服以往苦澀的回憶，往前邁進！結花作為「和泉結奈」有所成長，組成團體，發表新一屆「八個愛麗絲」。我和她之間笑容的軌跡終將開花結果！今後只要我們兩個在一起就沒問題！

各 **NT$200~230/HK$67~77**

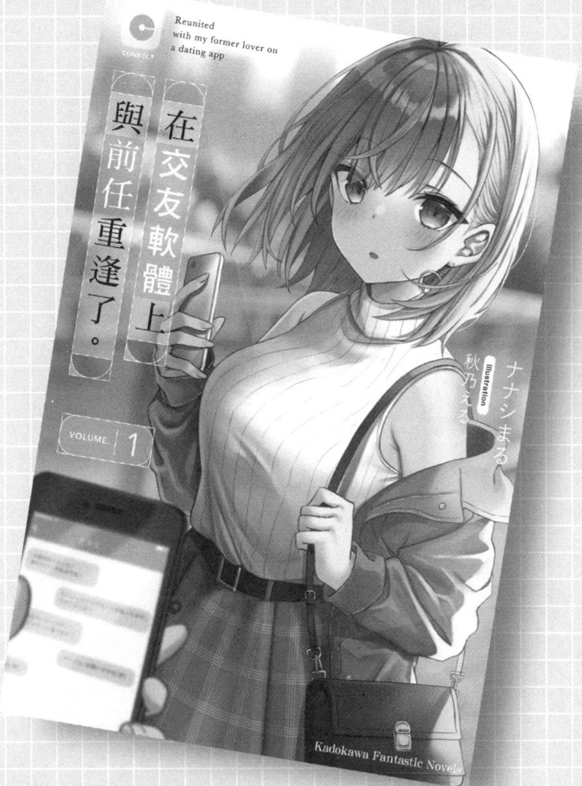

在交友軟體上與前任重逢了。 1 待續

作者：ナナシまる　插畫：秋乃える

交友軟體所揭示、命中注定的對象，竟是已經疏遠的前女友!?

我在朋友的推薦下開始使用交友軟體，與其中一位女性相談甚歡，而且交友軟體顯示我們的契合度竟然高達98%！然而約會當天我在約好的地點見到的，卻是已經疏遠的前女友高宮光！除了她，我還配對到同校的邊緣人美少女——初音心。要回頭還是要前進？

NT$240/HK$80

國家圖書館出版品預行編目資料

歡迎來到實力至上主義的教室. 2年級篇/衣笠彰梧作；一杞譯. -- 初版. -- 臺北市：臺灣角川股份有限公司, 2023.11-

冊；　公分. -- (Kadokawa fantastic novels)

譯自：ようこそ実力至上主義の教室へ

ISBN 978-626-378-161-0(第8冊：平裝)

861.57　　112015442

Kadokawa
Fantastic
Novels

歡迎來到實力至上主義的教室 2年級篇 8

（原著名：ようこそ実力至上主義の教室へ 2年生編 8）

2023年11月20日　初版第1刷發行

作　者：衣笠彰梧
插　畫：トモセシュンサク
譯　者：一杞

發 行 人：岩崎剛人
總 編 輯：蔡佩芬
編　　輯：楊芫青
美術設計：宋芳茹
印　　務：李明修（主任）、張加恩（主任）、張凱棋

發 行 所：台灣角川股份有限公司
地　　址：104台北市中山區松江路223號3樓
電　　話：（02）2515-3000
傳　　真：（02）2515-0033
網　　址：www.kadokawa.com.tw
劃撥帳戶：台灣角川股份有限公司
劃撥帳號：19487412
法律顧問：有澤法律事務所
製　　版：巨茂科技印刷有限公司
ISBN：978-626-378-161-0